KB270927

광신자들

광신자들

 소설을 읽는 신선하고 즐거운 재미
작가정신의 소설락小說樂 시리즈

한국 문학계에 새로운 장을 마련해온 '소설향'을 잇는 새로운 한국 소설 시리즈이다. 중견 작가의 웅숭깊은 신작에서 신진 작가의 재기발랄한 달작達作까지 아우르는 다양한 작품들로 영상 매체의 화려하고 극적인 서사를 뛰어넘는 매혹적인 이야기의 힘과 진한 감동이 담겨 있으며 독자들에게는 '소설 읽는 즐거움'을, 한국 문단에는 '신선한 재미'를 선사한다.

초판 1쇄 발행일 2012년 06월 20일

지은이 주원규 | **펴낸이** 박진숙 | **펴낸곳** 작가정신

책임편집 김종숙 | **편집** 박송이 | **디자인** 정인호

홍보마케팅 김영란 백정민 | **관리** 이재훈 최미경

인쇄 한영문화사

주소 413-782 경기도 파주시 문발동 파주출판도시 509-2 2층

전화 02 335 2854 | **팩스** 031 944 2858 | **이메일** editor@jakka.co.kr

홈페이지 www.jakka.co.kr | **출판등록** 1987년 11월 14일 제1-537호

© 주원규, 2012

ISBN 978-89-7288-416-3 04810
      978-89-7288-415-6 (세트)

광신자들

주원규 소설

작가
정신

주원규

1975년 서울에서 태어났다. 고등학교를 간신히 졸업하고 공대에 진학했지만 4년 내내 평점 2점대를 넘지 못했다. 이후 신학에 뜻을 두었지만 그마저도 여러 부침과 우여곡절을 겪었다. 지금은 변두리 여인숙이나 도서관을 서재 삼아 글을 쓰며, 전기공으로도 짬짬이 일을 한다. 작품으로는 제14회 한겨레문학상 수상작인 『열외인종 잔혹사』와 장편소설 『반인간선언』 『천하무적 불량 야구단』 『망루』 등을 비롯해, 평론집 『성역과 바벨』 『민중도 때론 악할 수 있다』 등이 있다.

감상적인 표현이 아니라 오늘의 십 대, 이십 대는 가방에 책이 아닌 폭탄, 혹은 무기를 들고 다니는 것 같습니다. 그 무기는 경쟁과 착취, 구조적 폭력과 비대화된 이기주의의 이름을 갖고 있다고 보입니다. 그 폭탄을 누가 넣어준 걸까요. 스스로가 만든 걸까요. 그들 자신이 욱여넣었을까요. 그것도 아닌 것 같습니다. 그렇다면 누가 넣어준 걸까요. 폭탄을 넣어준 이들은 분명히 존재할 것인데, 아마도 그 누군가들은 자신들이 친절하게 넣어준 폭탄을 폭탄으로 생각하지 못하는 것 같습니다. 그렇지 않고서야 이 위험천만한 폭탄 돌리기의 아비규환 속에서도 성공과 승리, 심지어 번영과 공생 발전을 외치는 것이 아니겠습니까.

과연 이 폭탄의 시한은 언제일까요. 기어이 메트로폴리스의 한복판, 우리 정신과 문화의 한복판에서 보란 듯 터져버린 후에야 사후 수습을 의논하려 하는 걸까요. 그러한 의문을 소설로 형상화하는 것은 미성숙하거나 세련되지 못한 선택인가요. 여전히 어렵지만 떨쳐버리기 힘든 문제라는 생각뿐입니다.

작품에 대한 남다른 관심과 열정으로 소설의 출간을 흔쾌히 허락해주신 작가정신에 머리 숙여 감사드립니다. 또한 새로운, 앞으로도 새로울 문우 서아와 함께 소박하지만 선명한 기쁨을 나누고 싶습니다.

주원규

기蟻

기가 서성거렸다. 지령 받은 보관함은 3호선과 7호선의 환승역 중간에 위치했다. 녀석이 주위를 두리번거리는 건 다른 이의 시선이 부담스러워서가 아니었다. 엄청난 인파가 오가는 지하철 환승 통로에선 누구도 기를 눈여겨보지 않았다. 단지 그래본 것뿐이다. 이제는 지루하기까지 한 할리우드 액션 영화에 자주 등장하는 첩보원

흉내를 낸 것이다.

기는 7번 보관함에 보관된 물건을 찾기 위해 농에게 전화를 걸었다. 전화를 받은 농의 반응은 신경질적이었다. 요지는 단순하다. 메시지를 사용하면 되지 굳이 성가시게 통화까지 해야 하는지에 대해 불만을 표한 것이다. 그러거나 말거나. 기는 농에게 보관함의 인증 번호를 물었다. 농이 퉁명스러운 말투로 인증 번호를 가르쳐주었다. 농의 태도에 기는 '그딴 식으로 통화할 거면 아예 엎어버리는 수가 있다'는 식의 엄포를 한차례 퍼붓고서 전화를 끊었다. 둘의 대화는 늘 이런 식이었기에 기는 새삼스러울 것도 없다고 생각하며 농이 가르쳐준 인증 번호를 입력했다.

보관함이 열렸다. 다시금 주위를 두리번거린 기가 보관함 문을 활짝 열어젖혔다. 보관함 안에는 한 개의 가방이 있었다. 스리세븐 마크가 정면에 박음질되어 있는, 사용자 연령대가 불확실한 유치한 가방이었다. 때맞춰 농으로부터 메시지가 전달되었다.

반드시, 가방은 양 어깨에 메고 조그만 충격이나 부딪힘에
도 각별히 신경 쓸 것. 그렇지 않을 경우 발생할 불상사에 대
해 본인은 책임 없음.

"지랄하네."

기는 중얼거렸다. 녀석은 보관함에서 꺼낸 스리세븐
가방을 어깨에 둘러멨다. 농의 지시대로 한 것처럼 보이
지만 실상은 달랐다. 초등학교 입학 후로 한 번도 가방
을 단정하게 멘 적이 없던 기는 한쪽 어깨에 최대한 불
량스러운 포즈로 둘러멨다. 중뿔난 자존심 때문이었다.
그렇게 하고 나니 수치스러움이 조금은 모면되는 것 같
았다. 세상에. 요즘 어떤 고딩이 스리세븐 가방을 메고
다닌단 말인가.

도擣

도의 아버지는 도를 반가우면서도 성가시다는 듯 봤

다. 반가운 건 부자간에 함께 할 수 있다는 것이 근 십여 년 만에 이뤄진 거사 같았기 때문이다. 성가신 건 현재의 장소가 갖고 있는 특수성 탓이다. 이곳은 도의 아버지의 직장이다. 현재 시각 오전 아홉 시 삼십 분.

정리하면 십여 년 동안 십 분 이상의 대화가 불가능하던 아버지의 직장으로 아들 '도'가 찾아온 것이다. 뭐 아버지 회사에 아들이 찾아갈 수도 있다. 부인들도 가끔 도시락을 챙겨들고 남편의 직장에 찾아오니까.

거기까지는 꽤 훈훈했지만, 아버지는 점차 도의 개인주의적인 행동을 지켜보며 울화가 치밀었다. 녀석이 이곳을 찾은 이유가 순전히 자신을 만나러 왔다는 목적과는 무관했기 때문이다. 도는 단지 아버지가 일하는 공간이 필요했던 것이다.

이 부자가 제대로 된 대화란 것을 할 수 없는 결정적 이유가 한 가지 더 있다. 도의 아버지 직장은 문래동에 위치한 프레스 공장이다. 프레스 공장의 가장 큰 특징은 하청 받은 제품을 생산하기 위해 백오십 데시벨은 우습게 상회하는 소음을 인내해야만 한다는 점이다.

프레스 압연기는 쉬지 않고 삼 초에 한 개씩 제품을 찍어냈으며, 제품이 나올 때마다 엄청난 소음이 발생했다. 공장엔 그런 식으로 소음을 쏟아내는 기계만 스무 대가 넘는다. 기계 한 대라도 놀리면 이 세상에 종말이 찾아올 것처럼 호들갑을 떠는 사장의 지론에 따라 스무 대의 기계가 일제히 가동된다. 심지어 휴식 시간에도 기계는 돌아간다. 그러니 대화는 무슨.

도의 아버지는 사장이나 간부급 사원이 아닌 관계로 죽도록 일만 해야 했다. 자신에게 할당된 프레스 앞에 서서 불량 제품을 선별하고 물건을 담아내는 일이었다. 아버지는 도의 행동을 그저 흘겨보는 수준에서 만족해야 했다.

도는 아버지의 공장에 들어서자마자 기계 옆 한구석에 웅크리고 앉아 일을 시작했다. 쑥색 구제 가방에 잔뜩 욱여넣었던 부품들을 바닥에 꺼내더니 꼬질꼬질한 A3용지 한 장을 펼쳐놓았다. 무슨 설계도 같았지만, 가만히 보면 연필로 대충 그려놓은 조악한 기구 사용설명서 같은 거였다.

　도는 제법 심각하게 설계도에 적힌 순서에 따라 부품을 조립하기 시작했다. 그때까지도 아버지는 도가 벌이는 짓거리의 윤곽을 감조차 잡지 못했다. 우울한 오랑우탄처럼 구석에 웅크리고 앉아 오타쿠들이나 즐기는 취미로만 여겼다. 아버지는 '삼십 분만 지나면 휴식 시간이니깐 그때 녀석에게 자판기 커피라도 사주며 대화를 시도해야겠다'는 소박한 기대를 가슴에 품었다.

　불행하게도, 아버지의 기대는 곧 좌절되었다. 이유인즉 도가 조립한 부품의 완성체가 정체를 드러내는 순간 부자는 화들짝 놀란 얼굴로 서로를 마주 보았기 때문이다. 완성체를 보고 놀란 쪽은 아버지였고, 도의 놀라움은 호기심의 발로에서 비롯된 짜릿함에 가까웠다.

　부품을 끼워 맞추자 궁색하긴 하지만 제법 완성체의 윤곽이 드러났다. 유탄 발사기와 같은 성질의 완성체는 방아쇠, 총탄, 총신, 가늠좌 등의 부품과 조화를 이루자 '총'으로 부르기에 부족함이 없었다.

　도가 이곳에 온 목적을 마무리하는 순간이 도래했다. 그제야 아버지도 사태의 위중함을 짐작한 듯 도의 행동을 제지하려 했다. 도는 소음의 불도가니 한구석에 마련된 프레스 기계 뒷면을 표적 삼아 총의 실제 성능을 확인하고자 했다. 사격 연습을 해도 엄청난 소음에 묻혀 돌출될 리 없다는 확신이 있었기에 가능한 행동일 것이다.

아버지는 결국 도를 막지 못했다. 기계 가동을 멈추려 해도 멈출 수 없었기 때문이다. 생산 혁신의 노예가 된 사장이 있는 중앙 관리실에서 조작하지 않는 한 현장에서 기계가 멈추는 일은 없다. 기계에서 일 분만 벗어나도 밀려나오는 제품들 때문에 공정이 엉망이 될 것이고 그런 일이 적발되면 계약직인 자신의 해고는 불을 보듯 훤한 상황이기에 도의 행동을 막을 겨를이 없었다.

도가 완성체의 방아쇠를 당겼다. 안전장치 대용으로 사용된 금속 핀을 뽑고 바로 격발하자 엄청난 굉음을 토해내며 총신에서 탄환이 불을 뿜어댔다. 총은 전쟁 영화에서 간혹 등장하는 유탄 발사기, 혹은 산탄총 같은 파괴력으로 금속 기계 중심을 우습게 뚫고 들어갔다.

화약 냄새가 공장 한구석에서 모락모락 피어오를 즈

음 깜짝 놀라 기계 가동을 멈춘 사장이 현장으로 한걸음
에 달려 나왔다. 기계는 멈췄고, 기름때로 범벅이 된 꼬
질꼬질한 작업복 차림의 공원들은 단지 기계가 멈춰서,
잠시나마 일손을 놓고 쉴 수 있다는 사실에 격렬히 환호
하며 그 자리에 주저앉아 담배를 꼬나물었다.

사장은 도의 아버지를 마구 다그쳤다. 방금 전 자네
아들이 무슨 이유로 다녀갔는지 뚫린 입을 가졌다면 한
번 지껄여보라며 아우성쳤다. 아버지는 아들이 방금 전
저지른 비현실적 행동에 대해 함구했다. 사실대로 말한
다면 즉시 해고 정도가 아니라 구속도 각오해야 했기 때
문이다.

화약 연기가 한층 심각하게 공장 전체를 덮기 시작했
다. 곧이어 화재경보기가 울렸다. 좀 더 시간이 지나면
천장 스프링클러에서 높은 수압의 물줄기가 공장 전체
에 쏟아져 나올 것이다.

사장은 불을 끌 생각은 않고 도의 행방부터 수소문했
다. 반드시 잡아야 한다며 경비에게 전화를 걸어 정문
을 봉쇄하라는 지시도 했다. 그러나 도의 아버지는 도가

무사할 거라고 확신했다. 아들은 지금까지 수많은 사고를 치고도 소년원 한 번 경험하지 않은 도주의 달인이란 사실을 알고 있기 때문이다. 아버지가 궁금한 건 총의 입수 경위였다. 아들이 대체 그 형편없이 엉성한 조립용 수제 총을 어디서 구한 걸까. 그걸로 무슨 일을 벌이려고. 아버지는 또다시 울화가 치밀었다. '저 자식이 아비를 얼마나 우습게 봤으면 내가 일하는 신성한 직장에서!' 충분히 격분할 만한 사안이었다. 그러나 아버지는 단지 격분에만 만족해야 했다. 연기가 걷히자 곧바로 사장이 기계를 재가동시켰기 때문이다.

농聾

농은 길고양이처럼 방배역 근처 아파트 재건축 현장을 어슬렁거렸다. 그러고는 눈알을 요령부득의 속도로 굴려대며 주변 동정을 기민하게 살폈다.

한 달 전부터 물색해둔 장소였다. 재건축 관련 분쟁으

로 인해 터파기와 골조를 세우다 중단한 공사장에 보름 전부터 경비 업체마저 퇴거해버렸다는 정보를 얻을 수 있었던 건 집요한 관찰 덕분이었다. 하루도 빠짐없이 재건축 현장 맞은편 반포쇼핑센터 5층 창가에 서서 현장을 주목한 결과 농은 이처럼 별다른 제약 없이 아파트 공사 현장에 잠입할 수 있었다.

타워 크레인이 설치된 장소를 쫓다보니 지하로 이르는 가설 계단을 발견하게 되었다. 가설 계단을 통해 지하로, 지하로 내려갔다. 그렇게 농이 도착한 곳은 지하 3층이었다. 터파기를 하고 철제 콘크리트를 세운 시초의 곳이었다. 사방이 뚫려 있고 외부 제약에도 최대한 자유로운 곳. 이곳에 도착한 농은 자신이 손수 가져온 물품들을 내려놓았다. 샌드백 가방의 지퍼를 열고 그 속에서 발파 장치로 보이는 기폭 장치를 꺼내 조립을 위한 이른바 '의식'에 접어들기 직전이었다. 그때 농은 갑자기 바지 속으로 오른손을 쑥 집어넣었다. 그러곤 이내 입술을 부들부들 떨며 짓무른 음부를 긁기 시작했다.

너무 가려웠다. 너무너무. 의사는 임질을 의심해보라

고 했다. 하지만 농은 '자신은 태어나서 한 번도 남자와 잔 적이 없다'는 말을 선언처럼 부르짖으며 의사의 진단이 오진임을 주장하려 했다. 하지만 오진이건 아니건, 섹스를 했건 안 했건 그건 중요하지 않았다. 중요한 건 너무나 간지럽다는 사실뿐이었다. 의사는 오랜 시간 닦지 않아도 임질에 준하는 증상이 나타날 수 있다는 코멘트를 흥분해 날뛰는 농의 눈치를 살피며 말해준 적이 있었다. 그랬거나 말거나. 농은 입술을 물어뜯으며 난폭하게 사타구니 사이를 계속해서 긁어댔다. 가려움이 조금이라도 가라앉을 때까지 긁고 또 긁었다. 동시에 농은 호주머니에서 휴대전화를 꺼냈다. 지하 3층, 공사 현장이라는 열악한 조건에도 불구하고 다행히 통신이 가능한 상태였다. 화면을 터치한 농의 메시지 발신 대상은 기였다. 농은 장문의 메시지를 거듭 발송했다. 보관함에서 가방을 찾은 즉시 9호선을 타고 여의도 다음 역인 국회의사당역에 하차한 뒤 국회의사당으로 진입해야 했다. 물론 국회의사당 안에 일반인이 제멋대로 출입하는 경우가 흔치 않다는 걸 강조한 농은 입구를 막고 선 꼰

대들에게 국회의사당에 견학 온 성실한 고딩이라고 성심껏 자신의 신분을 밝혀야 한다는 사실을 최우선 과제로 강조했다.

견학 온 고등학생. 농은 확신했다. 국회의원들의 꼴사나운 국무회의를 지켜보기 위해 참석한 어리뜩한 고딩의 가방을 검사하자며 설치는 경비나 경찰이 결코 흔치 않을 거라고. 마지막으로 그녀는 기에게 보내는 메시지의 중심에 '절대 안심해도 된다'는 문구를 주문을 외듯 적시해두었다. 농은 '국회의사당 안으로 무사통과가 이뤄지면 무조건 화장실로 달려가 양변기 한구석에다 가방을 두고 그 즉시 국회의사당을 나오면 임무 완수'라는 메시지를 기에게 반복 발송했다.

임무만을 하달하는 이른바 채찍 효과가 천하에 둘도 없는 생양아치 기에겐 그다지 효능이 탁월하지 않음을 익히 파악한 농은 임무 완수에 따른 당근과 관련한 사항도 잊지 않고 확인해주었다. 아니나 다를까. 잔소리에 가까운 임무 하달에 대한 메시지엔 감감무소식이던 기가 당근을 제시하는 메시지엔 즉각 대응하는 게 아닌가.

_약속대로 삼백만 원 송금 안 해주면 아가리를 찢어놓을 줄
알아.

무식하고 난폭하며 이 세상에서 겨자씨만큼도 쓸모
없는 새끼. 기로부터 받은 천박한 메시지를 확인한 농이
긴 한숨을 내쉬며 마음을 다스렸다. 메시지를 바로 삭
제해버리며 고개를 도리도리 저었다. '내가 이런 것들과
함께 천지개벽을 도모해야 하다니.' 이 엄청난 모순이
농에겐 자못 심각한 화두로 다가왔다. 하지만 언제까지
싸구려 감상에 젖어 있을 수 없다는 사명자의 결의를 다
잡은 농이 이번엔 도에게 문자를 보냈다.

_어디야.

이내 도의 메시지가 도착했다.

_홍대.

_홍대엔 왜?

_홍대에 가면 안 되는 법이라도 있나.

_여의도에 가 있으라고 했잖아.

치밀한 의식을 준비하는 농에게 도는 후속 조치이자 일종의 보험이었다. 기의 미션이 수포로 돌아가게 될 만일의 경우를 대비해 기보단 확실히 모든 면에서 똘똘한 도에게도 임무를 부과한 것이었다. 그런데, 거사 도모를 위해 여의도에 도착해 있어도 시간이 부족할 녀석이 오전 열 시가 훨씬 지난 지금 홍대에 있다니. 농은 짜증 가득한 메시지를 도에게 전송했다.

_너에게 물건을 준 목적을 잊지 마.

_시키는 대로 할 테니까 보채지 마.

_너희들은 장난일지 모르지만 난 심각해.

_나도 심각해. 그러니 입 닫쳐.

_도!

_물건 받은 값은 할 테니까 앙탈 그만 부려.

이후 농이 최신 육두문자를 섞은 메시지 두어 개를 추가로 전송했지만 도는 묵묵부답이었다. 농은 다시 한 번 깊은 한숨을 내쉬었다. 상처 입은 마음을 다스리기 위해 주문을 외었다. 그러자 순식간에 마음의 평화가 찾아왔다. 아니, 찾아왔다고 믿었다. 그것이 정크의 가르침이기 때문이다. 가르침의 시간 속에선 모든 것이 절대적이다. 모호함도, 부정도, 의심도 없다. 모든 것이 절대의 도도한 흐름 속에 있다. 지금 사타구니가 미치도록 간지러운 것도 도도한 정크의 가르침 안에서 다스려질 것이다.

제법 경건한 마음으로 돌아온 농은 휴대전화 전원을 아예 꺼놓았다. 유난히 큰 눈을 더욱 부릅떴다. 여자아이의 손동작치곤 어울리지 않는 공학박사 같은 손놀림을 과시하며 바닥에 늘어뜨린 부품들을 매만지기 시작했다. 세상에 가장 은밀한 곳을 더듬듯 세심하게.

도

홍대역 9번 출구로 나오면 바로 좌측에 있는 KFC 매장에서 도는 홀로 치킨버거를 먹고 있었다. 버거를 먹으며 오전 열 시 삼십 분경의 홍대역 9번 출구 정경을 훑었다. 젊은 것들의 움직임이 오전, 오후 가리지 않고 요란하고 분주해 보였다. 도는 그들의 패션을 아무 생각 없이 바라봤다. 이런 관음의 순간, 여자들의 번들거리는 얼굴빛, 미니스커트와 헤어스타일, 그녀들의 가슴 사이즈를 가늠하는 장면 속에서 생각이란 건 할 일 없는 대기업 중간 간부만큼이나 무용한 장신구에 불과했다.

도가 우적우적 치킨버거를 삼키는 동안 매장 입구에서 도를 알아보는 또래의 친구가 등장했다. 친구는 도에게 손을 흔들며 '왓츠업 맨!' 따위의 미국식 인사를 건넸다. 두 귀에 주렁주렁 매단 기괴한 모양의 귀걸이가 눈에 띄었다. 도는 친구를 불쾌한 표정으로 지켜보며 한마디 퉁명스럽게 건넸다. 왜 이제야 기어오느냐고. 그러자 녀석이 머쓱해하며 볼멘소리로 도에게 대꾸했다. 이렇게 이른 시각에 사람을 불러내고 난리냐고.

도는 어이없어하며 친구의 대꾸에 답하지 않았다. 대

신 앞장서라고 지시했다. 그러자 친구는 이내 걱정스러운 표정으로 돌변했다. 무례한 전쟁을 눈앞에 둔 장군의 비장함을 막기 위한 아녀자의 말투로 말을 건넸다. 굳이 이럴 필요까지 있느냐고. 그러자 도는 친구에게 자신의 미즈노 가방을 뚫고 나온 하나의 완성체를 보여주었다. 친구의 얼굴이 돌연 창백해졌다. 친구가 물었다. 그게 뭐냐고.

도가 답했다. 오늘 나를 욕보인 그 인간들 입안에 한 방 먹일 거라고. 호기 넘치게, 하지만 지극히 담담하게 답한 것이다. 순간 친구는 긴장했다. 녀석은 잘 알고 있었다. 도가 여느 고딩들과 크게 다르지 않아 보이지만 중증의 사이코란 사실을 말이다.

친구는 도의 사이코 기질이 또래 양아치와는 차원이 다른 창백한 폭력으로 구현될 거란 사실까지 알고 있었다. 도와 중학교 동창이던 친구는 줄곧 보아왔다. 도의 담담한 난폭함을. 그 난폭함으로 인해 도는 더 이상 학생 신분이 아니라는 것과 아무것도 하지 않지만 머리를 물들이고 피어싱을 하며, 말보로 레드를 입에 물고 홍대 클럽을 전전하며 인디 밴드 뮤지션 흉내를 내고 다니던 사실도 알고 있었다. 지금 도가 한 방 먹여줄 거란 곳도 홍대 근처에 위치한 지하 클럽이며, 그곳에서 도가 고등학교 중퇴생이란 사실이 탄로 났으며, 그로 인해 우스꽝스럽고 한심한, 인디의 '인'자도 모르는 무뇌아 취급을 받으며 추방당한 사실까지도 친구는 고스란히 기억하고 있었다. 그런 도가 총을 닮은 완성체를 보여주고 있다니.

도는 친구가 가르쳐준 정보를 전적으로 신뢰했다. 혹 신뢰했던 대로, 이른바 예상 각본대로 상황이 전개되지 않는다 해도 별 상관은 없다. 어차피 그 클럽은 도에게 수치의 오물을 쏟아부은 만큼 돌려받게 될 거니까. 도의 심장이 수줍게 두근거리기 시작했다. 동시에 인터넷 해적 사이트에서만 봤던 수제 총을 직접 만질 수 있게 해준 농의 수완을 감사하게 생각했다. 그녀의 푸석푸석한 생머리와 지독한 암내, 섹스어필과 너무나 거리가 먼 통나무 몸매와는 별개로 도는 그녀의 남다른 무기 제작 능력을 존경했다. 무기 제작에서 아무리 특화되어봐야 좀 더 전문적인 프라모델을 제작하는 게 전부다. 그런데 총탄에다 엄청난 파괴력으로 격발되는 진짜 총이라니.

도가 클럽 앞에서 서성거렸다. 친구의 정보에 따르면 통상 오후 여섯 시가 넘어서야 문을 여는 다른 홍대 클럽들과 달리 이곳은 오전에 문을 열어 보다 은밀한 그들만의 파티를 즐긴다는 것이었다. 정보가 확실하다면, 그 특별하다는 파티 구성원들은 도를 철부지 중퇴생, 인생 낙오자, 루저로 낙인을 찍으며 조롱하던 무리일 거란 등식이 성립된다. 도는 녀석이 말한 파티의 특별함에 대해서도 도는 만족스럽게 생각했다. 이른바 불법으로 간주되는 특별함이 자신의 처절한 복수에 대해 그들 스스로 함구하게 만드는 결정적 동인이 되어줄 테니 말이다.

도는 뭣 마려운 강아지처럼 클럽 입구에 서 있는 친구에게 자유를 주었다. 어깨를 토닥이며 수고했으니 돌아가라는 말을 건넸다. 도는 다소 조급한 모습을 연출했다. 가방 지퍼를 열고 대뜸 수제 산탄총을 꺼내보인 것이다. 친구의 얼굴은 아예 백지장이 되어버렸지만 도는 개의치 않았다. 가방 속에 굴러다니는 총탄을 집어 패딩

점퍼 주머니에 욱여넣으며 한 발의 총탄을 녀석에게 보여주었다. 어린아이 주먹만 한 크기의 총탄을 총구 근처에 밀어 넣으며 도는 말했다.

"총구 속으로 밀어 넣는 방식은 처음 봤지. 나도 처음이야. 그런데 쏴보니까 화력은 제대로야."

도의 설명에 친구가 감히 의문을 제기했다.

"정말이야. 정말 쏴봤어?"

"물론."

"이봐. 친구. 난 이쯤에서 빠졌으면 좋겠는데."

"가봐. 수고했어."

친구는 도가 또래라는 것도 잊은 채 예의 바르게 목례까지 하며 서둘러 도망갔다. 도는 수많은 인파들이 몰려든 홍대 거리를 무심히 지켜봤다. 친구가 미국에서 어학연수를 받은 경험이 있다는 걸 도는 알고 있었다. 되지도 않은 흑인 영어를 남발할 때부터 알아본 것이다. 미국을 다녀온 친구는 총의 위험성에 대해 충분히 실감하고 있었다. 하지만 홍대 근처에 모여든 이들은 도의 손에 쥐어진 총의 실제 격발 유무에 대해 좀처럼 실감하지 못하고 있었다. 천진하게 자신을 바라보는 그들의 표정을 보니 그랬다.

도는 그들의 천진함이 싫지 않았다. 아직까지 대한민국 땅이 타락하지 않았음을 감사했다. 자신이 손에 쥔 총이 팬시점에서 이만 원 정도 지불하면 구매 가능한 장난감 총이라고 생각하는 저들의 순박한 무관심이 오히려 도에게 강렬한 복수욕을 북돋워주었다. 기세대로라면 지하 클럽은 순식간에 쑥대밭이 될 것이다. 도는 마지막으로 클럽으로 향하는 지하 계단 앞에 멈춰 서서 다소 유치한 클럽 이름을 확인했다. Club Junk. 특이하지도, 그렇다고 마냥 평범하지도 않은 싸구려 이름 같다고 도는 생각했다.

도는 지하 클럽 정크 안으로 성큼 들어섰다.

농

본래 농의 계획대로라면 준비해온 수제 폭탄이 엄청

난 굉음을 토해내며 공사장 지하를 무간지옥으로 만들었어야 했다. 농은 각오했었다. 그래서 실험 장소도 이곳으로 물색한 게 아닌가.

한 달 전 한참 공사가 진행 중일 당시 농은 분명히 확인한 바가 있었다. 굴삭기 효율을 수십 배 능가하는 발파용 폭탄을 설치하고 직접 실행에 옮기던 그 당시, 소음과 유해 먼지를 문제 삼아 대대적 주민 시위를 벌이던 것을 농은 틀림없이 기억하고 있었다.

그때의 기억을 토대로 농은 비록 한 달여 동안 공사가 중단되었다 해도 다시 이곳에 폭탄 소리가 들리는 걸 발파 작업으로 생각할 거라는 계산을 갖고 있었다. 자신이 제작한 폭탄의 실제 성능을 확인할 길이 막연하던 농에게 이곳은 그야말로 메카가 아닐 수 없었다. 그렇다면 이제 제대로 폭파하는 순간만 남았다.

폭탄 제조 기술이나 제작법을 농이 자체적으로 개발한 것은 아니다. 농이 또래 아이들에 비해 무기 제작 기술이라는 분야에서 특출한 재능을 보유하고 있다 하더라도 스스로 성분을 고안해내 무기를 제작할 수 있는 가능성은 제로에 가까운 것이다. 또한 농이 이러한 분야, 다시 말해 무기 제작 기술에 마니아다운 악취미를 갖고서 접근하는 중증의 오타쿠도 아니었다. 무기 제작은 단지 천지개벽을 이뤄내기 위한 그분의 가르침에 충실히 따른 숭고한 제의의 한 과정일 뿐, 그것 자체에 농이 절정의 감흥, 혹은 절대의 사명감을 품고 있는 건 아닌 것이다. 그런 작금의 상황에서 농은 어째서 절대의 가르침대로 충실하게, 한 치의 오차 없이 복원한 폭탄이 예상했던 결과가 아닌 불발에 그치고 말았는지 납득할 만한 그 어떤 근거도 갖지 못했다. 천지개벽의 시작, 그 주체는 농이 아니기 때문이었다. 농은 단지 순교의 도구일 뿐이었다. 순교자는 오직 순교의 대상을 극도로 숭배하는 상황 자체에 자족해야 한다. 그래야만 진정한 순교가 가능하다. 그렇게 자신에게 교시한 절대의 가르침을 농은 결코 잊지 못했다.

한 가지 지독히도 농의 가슴을 불안하게 하는 건 자신의 기술적 우매함으로 폭탄이 불발될지도 모른다는 우려였다. 농이 지금 이곳에서 직접 실험한 불발탄은 기의 어깨에 메여 있는 스리세븐 가방 속에 들어 있는 폭탄과 동일 제품이었다.

확률은 반반이었다. 기가 둘러멘 가방 속에 있는 폭탄이 제 시간에 제대로 터지거나 아님 불발되거나 말이다. 타이머 기능을 두 폭탄 모두 갖고 있었다. 지금 실험해 본 폭탄이 타임 스케줄 데이터의 입력 오류일 가능성도 배제할 수 없는 상황이기에 농은 쉽게 천지개벽 거사를 실패로 단정하고 싶지 않았다. 기의 시도가 실패할 경우를 대비해 도의 후속 조치 역시 존재하지 않는가. 이 모든 사전 계획은 중생의 우매함으로 인한 변수까지도 감안한 절대자의 기이한 섭리의 진면목이란 말인가. 숭고한 생각에 사로잡힌 농의 오른손은 어느새 자신의 트레이닝복 바지 사이, 팬티 속 깊이 들어가 있었다. 그녀는 다시 한 번 그곳을 마구 긁어댔다. 숭고한 가르침과는 어울리지 않는 그곳의 가려움이 농을 수치스럽게 만들었지만 그녀는 마음의 다스림만이 번잡한 내면을 잠재울 수 있는 유일한 길이라 생각하며 마음껏 주문을 외기로 작심했다.

기

　기가 어른들, 혹은 제도권의 말을 듣는 인종이라는 오해는 이 대목에서 철저히 무너진다. 농이 제아무리 삼백만 원의 당근을 제시했다 하더라도, 지금 당장 국회의사당으로 진격하라는 농의 미션을 기가 올곧게 실천하지 않을 불길한 상황이 도래하고 만 것이다.

　기에게도 변명의 여지는 충분히 있었다. 단지 장소의 일치를 십분 활용하고자 했던 것뿐이라고 기는 자신에게 내내 변명했다. 고속터미널역. 이 거대한 환승역사엔 어린것들의 주요 접선 장소로 알려져 있는 멀티플렉스 영화관이 존재했다. 기가 처음부터 그곳에 들르려고 작심했던 건 아니다. 마침 익일 오후 기의 아리따운 여자친구와의 데이트 장소가 고속터미널역 시지브이였기 때문이다. 기왕 나온 길에 여자친구가 그토록 보고 싶다는 제목도 범상치 않은 〈남자를 증오하는 101가지 방법〉이란 로맨틱 코미디를 예매하기 위해 영화관에 들른 것뿐이라는 게 기의 변명이었다. 영화를 예매하는 데 설마 한 시간 넘게 걸리겠느냐. 기껏해야 오줌 누러 화장실 들를 정도의 자투리 시간만 할애하면 충분할 거라는 게 기의 계산이었다.

물론 기는 여자친구가 즐겨보는 로맨틱 코미디 영화 따위는 꿈에서라도 보고 싶지 않았다. 그래도 어쩌겠는가. 의외로 순정남인 기가 목숨 걸고 사랑을 결의한 여자친구의 습성이니 맞춰주는 수밖에. 그렇게 다짐한 기는 기꺼운 마음으로 예매창구로 걸어갔던 것이다.

그렇게만 상황이 전개되었다면 농의 임무 수행에 별다른 차질은 없었을 것이다. 그러나 우연의 변수는 어느 상황, 어느 장소에서건 상존하는 법이다. 기는 지나치게 우연의 변수를 간과한 습벽의 함정에 빠져들었다. 더욱이 기와 같이 악과 깡만 남은 청춘에게 그런 식의 우연의 접근은 차라리 잔혹하기까지 했다.

기가 예매를 하기 위해 줄을 서고 있을 때였다. 어렸을 때부터 끽연을 즐긴 탓에 유난히 마른 체형에 백칠십센티미터를 넘지 않는 작은 키의 기를 우습게 본 네 명의 고딩 남녀가 은근슬쩍 기 앞으로 비집고 들어오는 새

치기를 감행한 것이다.

당연히 피가 거꾸로 솟았지만 기는 때가 때이니만큼 초인적 인내심을 발휘해 정중히 뒷줄로 꺼져줄 것을 요구했다. 네 명의 무리는 부러 기의 요구를 묵살했다. 그저 자기들끼리 조잘거리며 대가리 수가 많은 쪽이 우위에 서는 게 당연한 법칙이니 군말 말고 따르라는 식의 무언의 경고를 전달했다.

네 연놈의 작태에 광분해버린 기는 익숙함으로 길들여온 폭력성을 거침없이 쏟아내고 말았다. 자신의 말을 무시한 또래 여자아이의 머리채를 붙잡고 험악한 욕설을 쏟아내기 시작한 것이다.

이윽고 비명을 지르는 여자아이들의 남자친구로 보이는 두 녀석이 기를 향해 주먹질과 발길질을 시작했고 그들의 파고듦으로 인해 기는 예매 행렬에서 이탈되어 바닥에 곤두박질치고 말았다. 남자들은 욕설을 퍼부었으며, 여자아이는 기에게 '땅꼬마 같은 버러지 새끼'라는 다소 생소한 욕설을 쏟아내기까지 했다.

네 명은 순진하게도 기가 그쯤에서 물러날 거라고 판

단했다. 악과 깡, 무식과 폭력으로 자신만의 세계를 꾸려온 기는 왜소한 체형을 대신하기 위해 늘 격투 초입에 이른바 연장 사용을 최선의 방법으로 여겨오곤 했다. 이번도 예외는 아니었다. 마땅히 손에 잡히는 게 없자 기는 어깨에 멘 스리세븐 가방으로 자신에게 발길질 해댄 녀석의 머리통을 강하게 후려쳤다.

'가방 안에 엄청난 게 들어 있는 모양이다.' 그렇게 기는 생각했다. 머리통을 얻어맞은 녀석이 제대로 '억' 소리 한 번 지르지 못하고 그 자리에 주저앉았기 때문이었다.

다른 일행이 불의의 기습을 받은 친구의 황망한 무너짐에 잠시 넋이 나간 사이, 가방 속 물건의 위력을 단단히 실감한 기는 계속해서 가방을 휘둘러대며 온갖 육두문자를 쏟아내기 시작했다. 그러면서 자신의 망나니 기질을 주위에 모인 다른 청춘들에게도 마음껏 과시했다.

기의 관점에서 볼 때는 격투에 많은 시간을 소모하지 않았다고 자위할 수 있겠지만 실제는 그렇지 않았다. 네 명의 남녀는 기에게 기가 질렸음에도 계속 들러붙어 난

투극을 벌였으며, 그로 인해 매표소 앞에서의 격전은 삼십 분 넘게 지속되었다.

시간도 시간이지만 격한 격투의 와중에 기는 결정적인 그 무언가를 망각하고 있었다. 그것은 임무 수행에 있어서 거듭 당부하던 농의 간원을 무참히 조롱하는 성질의 것이었다.

농은 분명 무식하고 담대하기만 한 기에게 열두 번도 더 경고했었다. 절대로 가방에 충격을 가해선 안 된다고. 하지만 그 당부는 서툰 분노에 눈뜬 기의 똥오줌 못 가리는 혈기에 의해 무참히 짓밟히고 말았다. 조그만 충격에도 조심하라는 농의 당부는 깡그리 잊은 채 기는 아예 가방을 격전의 주요 무기로 활용하고 말았던 것이다.

기는 결국 승리했다. 그러나 승리의 대가는 처참했다. 예매를 끝내는 순간 진동 모드로 해놓은 기의 휴대전화가 격동하기 시작했다. 농이 기의 동선을 체크하기 위해 전화한 것이다. 농은 병적인 스토커를 연상시킬 정도로 집요했다.

농의 집요함에 성가심을 느낀 기는 부러 전화를 받지

않았다. 그러면서 독백 삼아 중얼거렸다.

"이런 힐러리 같은 것. 보채기는."

그렇게 중얼거린 기는 예매를 마친, 그러니까 고속터미널 보관함에서 가방을 찾은 지 정확히 한 시간 십이 분이 지나서야 국회의사당역으로 향하는 지하철 노선도를 살펴봤다.

도

도는 클럽 정크 안에서 오전 열한 시에 벌어지는 특별한 파티를 풀죽은 표정으로 지켜봐야 했다. 도가 풀이 죽은 이유는 단순했다. 아무도 도를 주의 깊게 보거나 관심 있게 보지 않았기 때문이다. 세상에, 이럴 수가.

엄청난 볼륨의 음악소리에 묻힌 클럽 안은 어둠의 베일에 싸인 모습이었다. 희미한 조명 속에 클럽에 모인 스무 명 남짓한 남녀는 저마다 개인행동에 열중했다. 특별한 파티라고 해서 격렬한 하드코어 밴드의 공연이 벌

어지거나 해외 록밴드의 디브이디를 프로젝션으로 감
상하는 것 등을 상상했던 도의 예상은 보기 좋게 빗나
갔다.

쉽게 말해 대마초 파티였다. 물론 그들이 피워대는
담배 연기만으로 대마초인지를 구별할 수 있는 능력은
어린 도에겐 부재했다.

그럼에도 도는 그들의 표정에서 종말을 코앞에 둔 중
독성 넘치는 비장미를 읽을 수 있었다. 물론 그게 구체
적으로 어떤 표정이냐고 묻는다면 도는 대답 대신 그렇
게 묻는 놈의 면상에 산탄총 총구를 겨눌 것이다. 그렇
지만 중요한 건 도가 그들이 품은 특수한 상황에 풀이
죽었다는 사실이다.

하지만 이대로 물러설 도가 아니었다. 도는 일단 짜증
스러운 소음으로 전락한 너바나 음악부터 소거하기로
마음먹고 간이 무대가 마련된 드럼 뒤편으로 걸어가 앰
프 전원을 죄다 껐다. 그러자 순식간에 클럽 정크는 정
숙 모드가 되었다. 퀭한 눈을 하거나 짐빔 술병을 손에
쥔 채 갈지자걸음을 걷는 이들도 그제야 하나둘씩 소말

리아 용병을 닮은 도에게 관심을 갖기 시작했다.

상황 전환에 탄력 받은 도는 자신을 중퇴한 고딩, 인디의 '인'자도 모르는 무뇌아라며 조롱하던 클럽 주인장과 그 떨거지들의 면면을 살폈다. 전부는 아니지만 나름 정예 멤버가 모인 것이 다소나마 위안을 주었다.

도는 이참에 어둑한 조명마저 환히 밝혔다. 조광기의 밝기를 최대로 조절하자 클럽 정크는 한순간에 사업 설명회장으로 돌변했다. 밝은 조명이 공간을 휘덮자 특별한 파티에 모인 무리들의 난폭한 아우성이 시작되었다. 물론 그 표적은 도였다.

도는 주인장이 보이지 않는다는 사실을 매우 아쉬워했다. 산탄총 첫 발이 엄청난 굉음을 터트리며 클럽 천장과 빅뱅을 일으키던 그때였다. 총격을 듣자마자 몸을 웅크리고 비명을 지르는 파티 일원들의 추태를 지켜보며, 두 번째 총탄을 뜨거워진 총구에 밀어 넣자 그 아쉬움은 무섭게 증폭되었다.

두 번째 격발을 감행한 후 도는 소리쳤다.

"모두 엎드려! 이 씨발 것들아."

무장 강도, 혹은 남미 저항군이 된 듯한 짜릿함이 도의 등골을 유쾌하게 쓸어내렸다. 산탄총의 살상 위협을 제대로 실감한 파티 참가자들은 일제히 도의 지시에 순순히 반응했다.

도는 단 두 번의 격발로 대마초에 취해 허우적거리는 그들 모두를 제압하는 데 성공했다. 그와 함께 아쉽지만 클럽 주인장이 아닌 이른바 이인자로 통하는 디제이 녀석의 머리채를 붙잡고 클럽 무대 중심으로 이끌어냈다. 다량의 약물에 취한 녀석은 제대로 입을 다물지 못한 탓에 연신 침을 흘렸다. 도는 세 번째 총탄을 밀어 넣은 다음 그대로 총구를 녀석의 벌린 입안에 억지로 쑤셔 넣었다. 그러곤 총탄을 장전했다. 순간 핏발 선 녀석의 눈에서 눈물이 고였다. 녀석은 두 손을 허우적거리며 작금의 상황이 현실인지 비현실인지 심각하게 궁리했다. 그 궁리는 공포의 서막이었다. 도가 녀석에게 물었다.

"마스터 어디 갔어?"

도가 유독 마스터를 찾는 이유는 단순했다. 이곳의 출입 여부를 결정하는 최종 결정권자가 마스터였기 때문이다.

도는 녀석이 대답을 하지 않는 이유가 여전히 자신을 무시하기 때문이라고 생각했다. 하지만 울부짖는 녀석이 다시 한 번 게걸스럽게 총구 사이로 타액을 쏟아낼 때 확인할 수 있었다. 녀석의 입에 총구가 물려 있기 때문에 제대로 말할 수 없었다는 사실을.

총구를 입에서 꺼내자 녀석은 세상에 다시 없는 절박함으로 기침을 해댔다. 도는 무릎을 꿇은 채로 기침을 계속하는 녀석의 머리에 총구를 겨누며 거듭 물었다.

"그만 징징대고 마스터 어디 갔냐고."

"모……몰라요. 모……모르겠어요."

녀석은 제대로 말을 잇지 못했다. 계속해서 모른다는 말만 더듬거리며 반복할 뿐이었다. 도는 순식간에 짜증이 밀려왔다. 자신의 지시대로 바닥에 엎드린 다른 멤버들의 모습을 지켜보자 짜증이 한층 더 증폭되었다. 본래 계획대로라면 이 녀석들의 얼굴에 일일이 총구를 겨누며 자신을 무시한 이들의 어줍지도 않은 엘리티즘을 혹독히 조롱해야 했다. 그런데 이 무리들의 작태는 그야말로 지금 죽어도 별 볼일 없을 것 같은 모습을 하고 있었다. 도는 여전히 정신 못 차리고 허우적거리는 이들을 바라보며 이들에게 어떤 조롱을 하든 별다른 쾌감을 얻지 못할 거란 생각에 급속히 우울해졌다. 결정적으로 중퇴한 고딩이라는 이유만으로 자신의 출입을 불허한 마스터의 횡포에 산탄총의 장렬한 위세로 맞서려했던 원대한 계획이 마스터의 부재로 무산되자 그 허탈함을 견디기 어려워했다.

결국 도는 마지막 한 발을 무대를 향해 격발하는 것으로 클럽 정크를 향한 자신의 애증 어린 심판의 제의를 마무리 지었다. 씁쓸한 기분으로 클럽을 벗어나려는 찰나 자신의 휴대전화에서 익숙한 벨소리가 들려왔다. 발신자를 확인해보니 농이었다. 도는 입을 삐죽거리며 전화를 받았다. 그러곤 지금 어디냐고 다그치듯 묻는 농에게 지금 국회의사당 안으로 들어가니 아무 걱정하지 말라고 너스레를 떨며 빠른 걸음으로 지하 계단을 올랐다.

농

농의 수양은 두 공모자 동지의 천박한 무지와 무례의 수위에 발맞추어 고조되어 갔다. 수양의 방법론이란 게 별다른 것이 존재할 리 없었다. 농이 행할 수 있는 수양 행위는 오직 절대의 전도자가 가르쳐준 뜻 모를 설법으로 점철된 주문을 읊조리는 것이 고작이었다.

농은 절대의 전도자를 구루라고 불렀다. 농이 현재 지껄여대는 주문은 온전히 구루의 초월적이고 우월감으로 가득한 고양된 정신세계에서 쏟아져 나온 밀어들이었다. 이 역시 농 스스로 깨달은 결론이라기보단 구루의 가르침이라고 보는 게 옳았다. 지금 농의 그러한 수양 행위를 유심히 지켜보는 한 사람이 있었다. 그 한 사람과 농이 서로 눈을 마주했다.

그것은 썩 자연스러운 대면이었다. 불발로 마무리된 아파트 공사 현장에서 패배를 겪은 농이 7호선 지하철 플랫폼에 들어선 이후였다. 그녀는 한적한 7호선 분위기를 흠향하며 기와 도가 벌이는 돌발 행동들로 인해 잔뜩 예민해진 정신을 추스르려고 애썼다. 그렇지만 예상 외로 7호선 반포역 플랫폼엔 지하철을 기다리는 사람들이 많았다. 충분히, 지나칠 정도로 많았기에 농은 쉽게 앉을 곳을 찾지 못했다. 그러던 중 제일 앞 칸에 놓여 있는 의자에 한 자리를 비집고 들어가 앉을 틈을 찾았고 그곳에 넙죽 자리 잡고 앉은 직후부터 쉬지 않고 주문을 뇌까린 것이다.

농이 주문만 죽어라 외었다면 농의 바로 옆에 앉은 노인이 그녀를 그토록 흥미롭게, 은밀한 탐욕의 혐의마저 품고서 바라볼 리 만무했다. 농이 주문을 외우는 동안 그녀의 손은 어김없이 극도의 간지럼을 호소하는 사타구니 사이 깊은 곳에 있었다. 그러곤 썩 훌륭한 성능의 자동세차기 브러시처럼 빠른 속도로 긁지 않고선 견딜 수 없는 자신의 음부 주위를 위로했다.

농이 반사적으로 눈을 떴을 때, 노인은 주문을 토해내기 위해 벌린 농의 입술과 트레이닝 바지 깊숙이 찔러 넣은 오른손을 번갈아 관찰하고 있었다. 농과 눈이 마주치자 멋쩍은 듯 헛기침을 두어 번 하더니 이내 물었다.

"무슨 문제라도 있는가?"

"그래 보이나요."

"충분히 그래 보이는데."

"난 괜찮아요."

"무언가를 외고 있는 것 같은데 그게 뭔가?"

"종말의 계시록이에요."

"성서를 말하는 건가?"

"그것과는 달라요. 이건 그야말로 실제적인 종말의 세계에서 우리를 실제로 구원해주는 영계의 실용서 같은 거예요."

노인은 농에게 질문을 계속했지만 농의 열의에 찬 답변을 경청하는 것과는 별개였다. 노인은 자신의 손을 그녀의 트레이닝 바지 속으로 넉살 좋게 밀어 넣었다. 농은 아무렇지도 않다는 표정으로 노인에게 요구 사항을 말했다.

"긁어주세요."

"긁어달라고?"

"너무 간지러워요. 그러니 좀 긁어주세요."

"왜 그렇게 간지러운데?"

"모르겠어요. 아주 어렸을 때부터 간지러웠어요. 부모님이 날 혼내거나 친구들이 막 놀리면 죽어라고 가려웠는데, 열심히 긁다 보면 씻은 듯 가라앉곤 했어요."

"기이한 현상이군."

"지금 너무 가려워요. 그러니 긁어주세요. 그럼, 언제 그런 일이 있었냐는 듯 가라앉을 거예요. 전 항상 그 믿음 하나만으로 살아왔거든요."

"무슨 믿음?"

"아무리 간지러워도, 원인도, 이유도 알 수 없어도 언젠가는 가라앉을 거라는 믿음 말이에요. 제가 계시록을 읽는 것도 그와 비슷한 이유이기도 하고요."

"글쎄. 난 만지거나 주무르는 게 더 좋은데."

"긁으면서 만지면 되잖아요."

"음."

"너무 간지러워요. 긁어주세요."

노인이 망설이는 기색을 보이자 놈은 나머지 다른 손, 자신의 왼손까지 바지 속에 밀어 넣고서 노인의 손을 꼭 붙잡았다. 세 개의 손, 도합 열다섯 개의 손톱이 가려운 부위를 일제히 구석구석 긁어댄다면 얼마나 좋을까. 농은 눈을 감으며 노인이 묻건 말건 상관없이 자신의 신념을 주문처럼 이어가기 시작했다.

"인류는요. 결국 이렇게 가다가 망할 거예요. 구루가 그랬어요. 구루는요. 이 땅의 백성들은 결국 현재의 탐욕에 눈이 멀어 모두 죽고 말 거라고 그랬어요. 그건 결코 비관적인 계시가 아니라 당연한 결말이라고 그랬어요."

"구루가 누구지?"

"인류 역사상 단 세 사람밖에 없는 현인 중의 현인이에요."

"으음."

"세 명 중 한 명은 예수, 다른 한 명은 석가모니 그리고 나머지 한 명이 바로 구루예요."

"으으음."

"그런데 말이에요. 두 명의 현인은 너무 얌전하고 착하다고 그랬어요. 그래서 인류가 곪아터지는 것도 좋은

게 좋은 거라는 식으로 방치해두었기 때문에 오늘날 인류가 이 모양 이 꼴이라고 그랬어요. 세 명 중 가장 총명하고 사리분별 확실한 현인이신 구루는 이런 인류의 폐단을 바로잡으시고자 놀라운 결단을 하셨는데 말이에요. 그게 바로 불의 심판이에요. 아시겠어요?"

과연 노인은 알고 있을까. 이해는 하고 있을까. 그렇다면 이런 식의 능숙한 설명조차 주문처럼 외는 농, 그녀 자신은 제대로 이해하고 있는 걸까.

농은 그것이 이해의 문제가 아니라는 걸 알고 있는 듯 보였다. 도리어 농은 모든 것을 이해하고 있다고 믿는 그 믿음이 중요하다는 구루의 가르침을 붙잡고 싶었다. 그 믿음이 모든 이해를 넘어서게 할 것이고 끝내 극복할 것이다.

결국 노인은 이십 대가 채 되지 않은 여자아이의 음부 만지는 일을 그만두기로 작심했다. 농의 그곳이 여물지 않은 채로 방치된 마른 우물터 같은 찜찜한 느낌만으로 가득했기 때문이다.

노인이 농의 사타구니에서 손을 떼려 했지만 농은 쉽

게 놔주지 않았다. 긁어도 긁어도 간지러웠기 때문이다. 으음 헛기침만 질러대던 노인도 온수행 지하철이 들어오기 시작하자 급해졌는지 되지도 않은 훈계를 늘어놓으며 농으로부터 벗어나려 했다.

간지럼이 막 가라앉으려는 찰나 손을 뗀 노인이 야속해선지 농은 지하철에 올라탄 이후로도 노약자석을 맴돌며 노인을 집요하게 쏘아보았다.

기

갑자기 배가 아팠다. 죽을 듯이 아팠다. 기는 통증의 원인을 두고 궁리했다. 방금 전 그 허접한 녀석들에게 아랫배라도 가격당한 게 아닐까 싶어 격투의 순간을 재구성해보기도 했다. 하지만 아무리 생각해도 그건 아니었다.

기가 배가 아픈 것은 다분히 생리적 측면이 강했다. 기는 혈기왕성한 십 대 후반의 나이임에도 불구하고 장염을 앓고 있다. 내장 기관이 조금만 자극을 받아도 배변욕에 견딜 수 없어 하는 특이체질이었다.

기가 전혀 깨끗하지 못한 공중화장실에 들어가 문을 걸어 잠그고 볼일을 보던 차였다. 기는 농이 그토록 소중하게 다루어달라고 한 스리세븐 가방을 양변기 옆 바닥에 내동댕이쳤다. 격투의 도구로 사용해본 전력이 생겨서인지 기의 머릿속에선 가방을 소중하게 다루어달라는 농의 당부가 깡그리 휘발되었다.

기는 볼일에 집중하지 못했다. 재래식 변기에 쪼그리고 앉아 배출되는 것의 낙하지점을 신경 써야 하는 번거로움 탓도 있었다. 무엇보다 바지 지퍼까지 내리고 나서야 휴지걸이에 휴지가 없는 것을 알게 되자 짜증이 밀려왔다.

'젠장. 어떻게 된 게 고속터미널 화장실에 휴지 하나 제대로 없어.' 기는 툴툴거리며 휴지통에 함부로 널브러져 있는 익명의 군상들이 닦고 버린 휴지 중 쓸 만한 것을 찾아보았다.

그때였다. 기의 두 귀에 외부에서 자극적인 소리가 들

려왔다. 밖이라 해도 여전히 남자 화장실 내부다. 대화는 아니었다. 기와 비슷한 또래로 추정되는 어린 녀석의 통화 내용이 기의 신경을 매섭게 자극했다.

길거리 고딩의 전화 속 대화에 뭔가 대단한 이슈가 전해질 리 천부당만부당한 상황에서 기의 신경을 끔찍하게 자극한 건 다름 아닌 녀석의 통화에서 습관처럼 호명되는 이름이었다. 정황상 필경 남자의 여자친구를 뜻하는 이름이 분명했다. 남자는 특이하게도 여자친구의 이름을 부를 때 성씨까지 붙여 호명하는 친절함을 보여주었다. 거기까지는 괜찮다. 여자친구의 이름을 자주 부르는 게 뭐 그리 특별한 일인가. 문제는 그 여자친구의 이름이 대단히 흔치 않은 이름이라는 것과 무엇보다 그 이름이 현재 기에게 가장 중요한 사람의 이름과 동일하다는 사실이었다. 남자는 기의 하나뿐인 여자친구의 이름을 함부로 불러대고 있었다. 그 이름하여 바로 돌순, 육돌순이었다.

"근데, 육돌순 걔가 말이야. 내가 계속 한번 하자. 한번만 줘라, 줘라 하며 노래를 부르는데도 약만 살살 올리는 거야. 여우 같은 년. 그래도 오늘은 만난 지 일주년이라고. 허벌나게 밑밥 투자했으니까 설계한 대로 넘어오겠지. 그래. 진짜야. 오늘 아주 죽여주는 거야. 칙칙이도 챙겼거든. 뽀리까기는. 내가 뭐 초딩이냐? 꼰대 책상 서랍에 있던 거 하나 집어왔지. 인생 뭐 다 그런 거 아니겠어?"

육돌순. 그런 이름이 과연 또 있으리라고 생각하는가. 참고로 밝히면 기는 그녀의 이름이 유치하거나 시대착오적이라고 생각해본 적이 한 번도 없었다. 오히려 막무가내 청춘 기에게 여자친구 '육돌순' 이름 석 자는 청순의 고유명사와 같았다. 물론 그건 오직 설익은 순수의 늪에서 헤어나올 생각이 없는 단순무식한 고딩의 정신 세계 내에서만 유효할 것이다.

여하튼 결코 동명이인이 존재하지 않을 것 같은 여자친구의 이름을 함부로 불러대는 이 녀석의 정체를 확인하지 않으면 안 된다는 절체절명의 절박감이 기를 험악하게 지배했다. 더 이상 망설일 수 없었다. 어느새 걸쭉한 너스레를 떨던 녀석의 목소리가 급속히 줄어들었기 때문이다.

기는 밑도 제대로 닦지 않고서 거칠게 문을 발로 걷어 차고는 변기에서 탈출했다. 그러곤 주위를 두리번거렸다. 젠장. 벌써 나가버리다니. 드넓은 고속터미널 화장실 내부에선 또래로 보이는 고딩의 흔적조차 찾을 수 없었다.

그렇다고 포기할 기가 아니다. 일단 녀석은 화장실 밖으로 뛰어나왔다. 교복 차림, 아님 아예 가죽을 잡아먹을 정도로 꽉 끼는 스키니진을 입고 어슬렁거릴 법한 청춘을 찾아 두리번거렸다. 발걸음을 재촉하며 화장실로부터 족히 오십 미터 정도는 벗어났지만 고딩으로 보이는 녀석은 없었다.

화장실에서 벗어난 후 기는 우선 마음을 다잡고 삼백만 원이라는 고딩으로선 접근하기 어려운 고액 알바 미션을 수행하기 위해 초심으로 돌아가려 했다. 그래서 서둘러 걸음을 옮겨 놓이 귀에 딱지가 앉을 정도로 반복해서 들려준 여의도로 가려는 찰나에 기는 걸음을 멈췄다. 어딘가 허전해진 자신의 어깨를 확인했다. 가방이 없었다. 기는 스리세븐 가방의 행방을 쉽게 짐작할 수 있었다. 화장실 바닥에 두고 온 것이다. 제기랄. 되는 일이 없군.

기는 혹시라도 노숙자 같은 인간이 화장실을 뒤지다가 가방을 낚아챌 경우의 수를 생각하며 화장실로 빨리 달려갔다.

그렇게 두어 걸음 정도 나아가려는 순간, 또 한 번 기는 걸음을 멈췄다. 이건 다분히 외부의 불가항력에 의한 본능적인 멈춤이었다.

엄청난 폭발음이 터져 나왔기 때문이다. 바로 고속터미널 화장실에서.

순식간에 고속터미널은 아비규환이 되었다. 기는 도대체 이게 무슨 일일까 싶어 주위를 두리번거렸다. 화재경보기가 요란하게 울려댔으며, 화장실에 들어가 있던 사람들이 일제히 비명을 지르며 뛰어나왔다. 화장실에서 나온 사람들의 몰골은 한마디로 처참했다. 피범벅이 된 사람도 있었으며, 오른쪽 손목이 잘려나간 사람도 눈에 띄었다. 도대체 무슨 일일까 싶어 기는 화장실 쪽으로 좀 더 다가가려 했다. 그런데 어느 순간 걸음을 멈췄다. 매캐한 연기로 휘덮인 남자 화장실에서 마지막으로 걸어 나오는 한 남자의 손에 쥐여 있는 그것을 보았기 때문이다. 모여든 사람들이 남자의 꼬락서니를 보며 이구동성으로 꽥꽥 비명을 질러댔다. 피투성이가 된 남자는 만취한 듯 혼곤한 표정이 되어 작금의 사태를 어떻게 이해해야 하는지 갈피를 잡지 못했다. 단지 남자는 누군가에게 묻고 싶다는 일념만으로 자신의 품에 안겨 있는 그것을 내려놓길 원했다. 노숙자로 보이는 남자가 화장실에서 들고 나온 건 절반 가까이 거죽이 찢겨져 나간 스리세븐 가방이었다. 그것은 놀랍게도 매캐한 화약 연기를 자체적으로 분출하고 있었다. 남자가 실성한 표정이 되어 검은 연기를 머금은 그것을 대리석 바닥에 내려놓는 순간이었다. 바닥과 가방이 접촉되는 순간 가방 안에 내장되어 있던 것이 순간의 자극과 함께 엄청난 굉음을 토해냈다. 마지막 뇌관의 장렬한 폭파를 감행한 것이다. 폭탄이 터지는 순간 기의 두 눈을 사로잡은 건 같기

갈기 찢겨져 나가는 남자의 사지였다. 팔과 다리, 머리가 너트가 풀린 공작물마냥 사방으로 터져 나갔다.

폭발음과 함께 아예 주저앉은 기의 호주머니에서 휴대전화가 진동하기 시작했다. 어안이 벙벙해진 기가 전화를 꺼내 액정에 나타난 발신자를 확인했다. 도였다. 순간 기의 눈에서 핏발이 곤두섰다. 뭔가 확실히 짚고 넘어갈 수 있는 실마리를 포착한 눈빛이었다. 비명과 연기, 정체불명의 사이렌 소리로 아수라장이 된 현장에서 그러거나 말거나 하는 심정으로 자리에 주저앉은 기가 도의 전화를 받았다.

"야. 왜 이렇게 시끄러워. 거기 어디야?"

"어디긴."

"여의도야?"

"그보다 너. 한 가지 분명히 해야 할 게 있다."

"뭔데?"

"넌 그 터진 만두처럼 정신이 나간 년이 무슨 일을 꾸미는지 알고 있었냐?"

"무슨 개소리야."

"묻는 말에 대답이나 해. 알고 있었어, 모르고 있었어?"

"그런 게 중요한가."

"뭐야?"

"듣자하니 넌 가방이나 갖다놓으면 삼백만 원 받기로 했다면서. 그럼 시키는 일이나 하면 되는 거지. 복잡하게 알아서 뭐하게."

"야. 그 가방 안에 뭐가 들었는지 알아!"

"뭐가 들었는데."

기는 폭탄이란 말을 행여 주위에 모인 다른 이가 들을까 싶어 최대한 낮게, 하지만 절박하게 힘주어 들려주었다.

"폭탄이 들었어. 터졌다고!"

"어딘데? 어디서 터졌냐고."

"여의도는 아니야."

"진짜 폭탄이야?"

"장난 아니야. 재수 없었으면 나 그냥 가방 끌어안고 하늘나라 갔을 거야."

“대단하군. 정말 폭탄을 만들었단 말이야?”

“이 개 같은 년. 가만두지 않겠어.”

“어떻게 할 건데?”

“그년 지금 어디 있는지 알아?”

“그렇잖아도 지금 가는 길이야. 그년 잡으러.”

“넌 또 왜?”

“몰라도 돼. 여하튼 그년 잡고 싶으면 지금 당장 그쪽으로 가.”

“거기에 갈까? 폭탄 터진 거 알면 가겠어?”

“거기에 물건들이 다 있어. 분명히 들를 거야.”

“지금도 심장이 후들거리네.”

“서둘러야 돼. 그년보다 한발 먼저 가야 하니까. 먼저 도착한 새끼가 그년 잡는 걸로 해. 알았지? 쫄지 말고 새끼야.”

“쫄긴 누가 쫄아. 황당해서 그렇지.”

통화는 그렇게 마무리되었다. 큰소리는 쳤지만 실상 기의 심장은 폭발해버릴 것처럼 격하게 뛰었다. 하지만 이대로 주저앉아 있을 수만은 없었다. 무엇보다 기는 반드시 삼백만 원을 내일까지 마련해야 한다는 중대한 과업을 눈앞에 두고 있기에 더욱 정신의 매듭을 비끄러매지 않으면 안 되었다. 혼잣말로 육두문자를 쏟아내며 고유의 담력을 대충 회복한 기는 서둘러 고속터미널을 빠져나갔다.

농

농이 타고 있는 7호선 온수행 열차가 멈춰버렸다. 한번 급정거의 충격으로 요동을 친 후 실내조명까지 일제히 점멸하고서 자못 심각한 분위기를 조성했다.

이윽고 안내원의 멘트가 들려오자마자 농의 얼굴이 삽시간에 일그러졌다. 안내원은 고속터미널에서 의문의 폭발 사고가 발생해 열차 운행이 잠정적, 혹은 무기한으로 중지되었다는 말을 아무렇지도 않게 지껄였다. 열차는 조금 움직이다가 아예 운행을 멈춰버렸다. 그야말로 대책 없는 순간이었다. 승객들은 어찌할 바를 몰라 웅성거렸다. 문은 열렸지만, 밖은 대합실이 아닌 어둑한 지하철 내부였다.

그런데 혼잡과는 아무 상관도 없다는 듯 농이 열린 문밖으로 점프하듯 빠져나갔다. 그러고는 고속터미널과 반대 방향인 반포역으로 걸어가기 시작했다.

지하철 운행원조차 작금의 상황에 어떻게 대처해야 할지 모르는 상황에서 농이 반포역을 향한 역주행을 하자 다른 승객들도 일제히 농을 따라서 어둠의 레일 위로 몸을 던지기 시작했다. 그런데 꽥꽥 비명은 왜 지르는데. 그렇게 푸념 섞인 속내를 뱉어내는 농의 얼굴은 더욱 짜증스럽게 일그러져 갔다. 그러한 짜증의 대상은 복잡했다. 제대로 된 시간에 여의도로 가지 못해 일을 내고야 만 기의 행동에 대한 짜증도 있었지만, 구루의 가르침대로 분명 타임 스케줄에 맞춰 약속된 시간과 장소에 반응하게끔 프로그래밍하고 심혈을 기울여 제작한 폭탄이 오폭해버린 것에 대한 짜증도 한몫했다.

그렇지만 지금 농의 정신은 그런 불분명한 결과에 대한 질책보다는 현재 자신이 행해야 하는 후속 조치에 대한 생각만 가득했다.

도

　지난 이십여 년간 홍콩 누아르 영화를 풍미했던 추억의 바이크 MX-50에 올라탄 도가 광화문역 사거리에서 멈춰 섰다. 각오하고 내부순환로로 들어설까 하다가 신호를 받더라도 안전하게 움직이자는 취지에서 시내 도로를 이용한 것이지만 도는 자신의 선택을 후회하지 않았다. 서울 같은 교통지옥에서 가장 편리한 수단은 단연 바이크다. 이런 속도라면 자신이 가장 먼저 농의 아지트, 더 정확히 말해 '말세 무기 거래 연구소'라는 황당하고 거창한 이름을 소유한 그녀의 아지트에 가장 먼저 도착할 거라는 확신이 들었다.
　광화문역 사거리에서 신호를 기다리던 무료함을 잊기 위해 동아일보 건물 전광판을 올려다봤다. 지루함을 잊기 위한 선택이었는데, 전광판에 제시된 속보를 접하는 순간 쉽게 눈을 떼지 못했다. 지루함이 다 웬 말인가. 어지간한 돌출 변수의 도래에도 눈 하나 깜짝하지 않는 강철심장 도마저 작금의 사태는 분석이 어려울 정도로 난감했다.

전광판에선 고속터미널 폭파 사고에 관련된 속보가 일관되었다. 당연히 그럴 것이다. 폭파 사고라니. 여기가 종족 분쟁으로 내전 중인 아프리카의 소국도 아니고 폭파 사고라니.

속보에 제시된 간략한 내용 역시 자극적이고 어마어마했다.

고속터미널 폭파 사고. 인명 피해 눈덩이처럼 늘어나. 단순 사고인가. 희대의 테러극인가. 혹은 북한의 도발인가.

역시. 뉴스나 게임이나 자극적인 게 최고야. 속보에 드러난 충격과 공포라는 단어가 난무하는 기사를 보며 도는 그렇게 생각했다.

하지만 도 역시 언제까지 속보에만 관심을 쏟을 입장

이 아니었다. 서둘러야 했다. 서둘러 이 사태를 재구성해야 할 필요성을 절감했다. 그 무엇이 구체적으로 무엇인지는 여전히 윤곽조차 잡지 못했지만 말이다.

기, 도, 농

　서울, 그것도 중심가가 아닌 변두리 지역을 자세히 살펴보면 무단으로 점유할 수 있는 공간을 어렵지 않게 찾을 수 있다. 농이 벌써 삼 년째 무단 사용하고 있는 홍제동 유진상가 지하가 그랬다. 유진상가가 갖고 있는 어둑한 이미지에다 지하 이층이라는 음침한 특수성까지 고려되어 그런지 그곳은 아예 입점, 관리를 포기한 창고와 매장으로 가득했다. 구석에 마련된 창고 안으로 들어가 조용히 수제 무기 불법 제작에 매진하다보면 이런 곳이 천국일 수 있겠다는 객쩍은 몽상까지 갖게 만드는 곳. 농에게 그곳은 그런 곳이었다.
　그녀는 뻔뻔스럽게도 거기서 한 걸음 더 나아가 창

고 입구 위에 '말세 무기 거래 연구소'란 간판까지 붙여놓았다. 놀라운 것은 관리사무소가 버젓이 상주해 있음에도 그곳을 전혀 제지하지 않는다는 사실이었다. 그저 문 닫은 유진상가 지하 창고 중 하나로 치부했는지, 누구도 농같이 고등학교를 중퇴한 유난히 못생긴 여자아이가 이중 자물쇠로 잠겨 있는 창고를 열고 들어가 수제 무기를 개발하고 있을 거라곤 상상조차 하지 않았던 것이다.

그러나 이번만큼은 농 역시 말세 무기 거래 연구소로의 출입에 상당히 신중한 반응을 보였다. 기에게 맡겼던 막대한 종국의 미션이 중도에 폭발해버렸다. 재수 옴 붙은 격으로 가장 많은 사람들이 오가는 고속터미널 화장실에서 말이다. 화장실 시시티브이를 확인하고 폭파물 성분을 분석하다보면 틀림없이 자신의 은폐된 위치도 언젠가는 발각될 것이 분명했다. 동시에 농은 자신에게 언제 터질지 모를 폭파물을 운반하게 만들었냐며 길길이 날뛸 기와 씨름하고 싶지 않았다. 농은 대충 창고에 놓아둔 주요 부품들과 설계도만 챙겨서 나와버려야지, 하는 절박한 심정으로 조심스럽게 연구소 안으로 들어갔다.

그때였다. 농은 다시 밖으로 도주하고 싶은 욕망이 일었다. 창고 안으로 들어와 형광등을 켜는 순간 농의 눈앞에 나타난 건 음습한 기운으로 무장한 두 명의 어린 녀석, 기와 도의 꼬락서니였다. 농은 어떻게 자물쇠를 열고 들어왔느냐고 말할 타이밍조차 잡지 못하고 그저 어색한 미소만 머금었다. 작금의 사태에서 가장 먼저 민첩하게 움직인 건 다른 누구도 아닌 바로 기였다. 기는 순순히 책상 쪽으로 걸어가려는 농의 행동을 뻔뻔스러운 것으로 간주하곤 분노의 욕설을 터트렸다. 그러곤 농을 책상 의자에 억지로 앉히고는 익숙한 동작으로 그녀의 몸을 묶기 시작했다. 배선에 사용되는 구리선으로 농의 가슴과 허리, 그리고 두 다리까지 어김없이, 단단하게 묶어놓았다. 기의 상대를 결박하는 솜씨는 또래 아이들 틈에서 타의 추종을 불허했다.

도는 농을 제압하기 위해 필사적이 된 기와는 달리 자기가 무슨 뒷골목 보스라도 된 것처럼 담배를 한 모금 힘껏 빨아들이는 여유를 부렸다. 기가 버럭 화를 내며 "얘 좀 어떻게 해봐"라는 말을 이었지만, 도는 어슬렁거리다가 둘에게 사태의 심각성을 알려주겠다는 심사로 텔레비전 전원을 켰다. 텔레비전에선 뉴스 속보가 방영 중이었는데, 도가 텔레비전을 켜자마자 말세 무기 거래 연구소에 모인 무리 셋은 화면에서 눈을 떼지 못했다. 벌써 어떻게 알았는지 기와 농의 우스꽝스럽도록 경직된 중학교 졸업 사진이 나왔다. 그와 함께 앵커는 다소 격양된 목소리로 말했다.

폐허의 잿더미 속에서도 기적처럼 입수한 화장실 시시티브이에서 문제의 가방을 화장실에 비치해놓은 유력 용의자의 모습이 포착되었습니다. 이들은 고등학교를 조기에 중퇴하고 수제 무기를 만들거나 거래해오던 겁 없는 십 대들로 밝혀져 충격을 더하고 있습니다.

기의 얼굴이 제일 먼저 시시티브이 화면에 잡히자 기다렸다는 듯 벌써 삼 년 전에 폐쇄했던 말세 무기 거래 연구소의 인터넷 카페 메인 창이 자료 화면으로 나왔다. 그와 함께 이에 뒤질세라 연구소 핵심 멤버라며 농과 도의 사진까지 모자이크 처리 없이 그대로 텔레비전 화면에 나타난 것이다.

기는 비명에 가까운 고함을 질러댔고 도는 나지막하게 욕지기를 내뱉었는데, 농은 의외로 담담했다. 그건 역시 그녀가 섬기는 종교의 힘이리라. 눈을 감고 끔찍할 정도로 평심을 되찾는 주문을 외는 농을 발견한 기. 그 악동이 농의 평화를 그대로 방치해둘 리가 없었다. 녀석은 의자에 묶인 농의 아랫배를 야심 차게 걷어차고는 한마디 토해내는 것으로 작금의 비극적 상황을 마음껏 저주했다.

"아, 젠장. 입 닥치고 앞으로 어떻게 할 건지 설계해봐. 이번엔 진짜 좆된 거잖아!"

기, 도, 농 1

기, 도, 농. 세 명의 인연은 중학교 이학년 때로 거슬러 올라간다.

남녀공학이란 점을 제외하고는 특별난 것도, 그렇다고 평균 이하의 오점도 별로 없는 그렇고 그런 중학교에 재학 중인 이 세 명이 '말세 무기 거래 연구소'란 이름도 해괴한 인터넷 카페를 개설하게 된 데는 현격한 견해 차가 존재했다. 그럼에도 셋이 끝까지 인터넷 무기 거래 카페의 핵심 멤버가 될 수 있었던 데는 견해의 차를 넉넉히 극복할 만한 이른바 '무기'에 대한 집념이 한몫 단단히 차지했던 것으로 추정되곤 했다.

기는 다혈질에다가 어린 시절부터 현장 폭력에 길들여져온 녀석이었다. 하지만 격투를 선호하는 기질과는 달리 신체는 허약체질이었다. 해서 또래 혹은 형들과의 격전에서 우위를 점하기 위해선 언제나 주위의 지형, 지물을 이용해야 하는 취약점을 안고 있었다. 그러다보니 기는 자연 '무기'란 단어에 열광하는 자신을 발견하곤 했다. 그러던 중 발견하게 된 존재가 바로 농이었다.

농은 중학생이라는 나이가 무색할 정도로 지독한 노안이었다. 농의 특징은 비단 외형의 노숙함만이 아니었다. 그녀의 관심사 역시 독특했는데, 그게 바로 무기를 개발, 제작하는 일이었다. 농이 제일 처음 만든 무기는 칼이라고 했다. 대장장이도 아니고, 칼을 어떻게 만드느냐고 따져 물을 수도 있겠지만 의외로 농은 칼 제작에 자신감을 보였다. 어렸을 적부터 영세 하청업으로 생계를 연명한 아버지의 금속 공작 일을 접해왔던 터라 자연스럽게 금속, 금형을 장난감처럼 다루게 되었고 그러한 관심이 아예 칼 제작으로까지 발전되었던 것이다.

그러나 불행인지 다행인지 고무줄놀이나 다른 평범한 여자아이들과 어울릴 만한 놀잇거리에는 전혀 관심을 보이지 않고 무기 제작이란 괴기한 발명에 골몰하는 농을 관심 있게 대하는 친구는 거의 없었다. 동성, 이성 상관없이 모두 농을 멀리했다. 안타깝게도 농은 외모마저 비호감에 가까웠기에 특별한 의욕을 갖고 농과 가까워지려는 이성은 아예 없었다. 그러다보니 자연 농은 더욱 무기 개발에 골몰하게 되었다. 급기야 중학교 이학년 때, 믿거나 말거나 수제 권총을 제작하는 수준에까지 이른 것이다. 실제 총알을 넣고 격발하면 공기총을 능가하는 살상력이 보장된 진짜 권총 말이다.

기가 농에게 관심을 보인 건 일종의 당위였다. 물론 그녀에게 이성으로서 끌린 건 눈곱만큼도 없었지만. 그건 농 역시 마찬가지였다. 왜소한 체격에 노란색 펌 헤어스타일을 고수하는 기 같은 변두리 양아치를 좋아할 만한 여자아이는 결코 흔치 않을 것이다. 농도 예외는 아니었다. 그렇다고 농이 자신이 개발한 무기에 관심을 보이는 기를 멀리할 만한 별다른 이유를 찾지 못한 것도 사실이었다. 무엇보다 기는 또래 녀석들의 호주머니를 털어 무기 제작에 필요한 쌈짓돈을 구해다 주었다. 조금 거창하게 말하면 스폰서 아닌가. 이런저런 이유로 농은 기와 함께 어울리게 되었다.

기의 경우도 비슷했다. 녀석 역시 곰팡내 나는 방구석에 틀어박혀 용접, 또는 밀링 작업을 하는 농 같은 여자아이를 여자친구로 삼을 생각은 추호도 없었다. 그러나 자신의 손에 무기를 쥐여준다는 점에서 농은 기에게 꽤 쓸 만한 대상이었다. 항상 무기의 부재로 맞짱에 자신감이 없었기에 골목 양아치로서 체면이 서지 않던 기에게 농은 기상천외한 수준의 무기를 안겨다주곤 했다. 쌍절곤과 비슷해 보이지만 한 대 제대로 맞으면 두개골이 박살날 것만 같은 살의를 품은 무기서부터, 급기야 수제 권총까지 개발해 자신의 손에 쥐여준 농의 수완에 기는 내심 감탄하지 않을 수 없었다.

그렇지만 농과 기. 둘만의 만행이 어정쩡한 공생 관계로만 진행되었다면 한때의 불량스러운 치기에 머물렀을지도 모른다. 도는 이러한 둘의 미숙함을 질타하며 농의 제법 독특한 재주에 악행의 구체화를 덧붙였다.

이른바 말세 무기 거래 연구소라는 인터넷 카페 개설은 순전히 도의 아이디어였다. 기와 별반 다를 것 없이 뒷골목 피시방에서 오락실을 전전하며 성인 도박꾼들의 개평이나 뜯어먹으며 연명하던 양아치이면서도 용케 중학생 신분을 병행하던 도에게 기가 들고 온 수제 권총은 신선한 충격이었다. 기의 무기에 매료된 도는 그날로 기에게 말보로 레드 한 보루를 안겨주며 친해질 것을 제안했다. 단순 무식한 기에게 말보로 레드 한 보루는 그야말로 복음일 수밖에 없었으니 자연 도에게 무기 입수의 경로를 순순히 고백했다. 그러자 도는 같은 학교에 다니는, 전혀 관심 영역 밖에 존재하던 오타쿠 농에게 어처구니없게도 이성으로서 접근했다. 물론 이건 농의 시선에서 도의 접근을 바라본 일방적인 분석 결과였다. 어찌됐든 농에게 도는 남자친구가 되었고, 남자친구에게 모든 것을 헌신하기로 작정한 농의 무구함은 도를 향한 맹목의 자세로 비약했다. 가뜩이나 외롭던 농은 일반적인 여자애들보다 더욱 도에게 집착하고 그럴수록 못나게 굴었기에 이른바 다른 방향의 가능성에 대해 생각할 수 있을 만한 여력을 전혀 갖지 못했다.

다른 가능성을 생각하기 어렵게 된 농과 본래부터 폭력의 문법에 익숙해져 있던 기에게 다가온 도는 전혀 청소년답지 않은 발상으로 농의 발명품을 활용하기로 작심했다. 그래서 출범시킨 것이 말세 무기 거래 연구소인 것이다.

거창해 보이는 이름의 연구소에서 하는 일은 단 한 가지였다. 농이 개발한 무기를 음성적으로 판매하는 것. 물론 총기 허가증이나 사업자 등록증 같은 건 아무것도 없었다. 그냥 카페를 개설한 다음, 정회원은 도 자신을 포함한 세 명으로 한정한 뒤 자료 화면에 농이 개발한 무기를 사진으로 올려놓고 방문자들의 입질이 오길 기다리기만 하면 되는 썩 편한 사업이었다. 그런 식으로 시작한 사업으로 셋은 또래들과는 비교도 할 수 없는 수준의 용돈을 만질 수 있었고, 농은 도의 사업 수완을 나름 찬양하기까지 했다.

그러나 무엇이든 꼬리가 길면 잡히는 법. 제아무리 암암리에 거래를 성사시킨다 해도 소문이 돌았다. 농의 만류에도 도는 사업을 확장한다는 명분으로 기를 데리고 세운상가나 기타 음지의 냄새가 풍기는 상가 같은 곳을 어슬렁거리며 장물아비들에게 물건을 팔고 다니는 무리수를 감행했다. 거기까진 괜찮은데, 역시 질풍노도의 청춘들에게 나타나는 충동과 혈기는 억제할 수 없는 모양인지 도와 기가 함께 주점 같은 곳에서 술을 먹다가 골목 양아치들과 시비가 붙었고, 그때 기가 그만 소형 폭탄 같은 무기를 사용한 것이 빌미가 되고 말았다.

세 명의 엄청난 행각, 이른바 수제 폭탄 폭파 사고는 당시 지상파 아홉 시 뉴스에도 보도될 정도로 꽤 사회적인 이슈가 됨직한 사건이었다. 하지만 셋이 겪어야 했던 고초는 의외로 미약했다. 서너 번 정도 부모를 대동하고 경찰서에 출석하는 일과 정신 온전치 못한 노인들 뒷수발이나 들어주면 되는 사회봉사 백이십 시간이 처벌의 전부였다. 무기의 수준이 조악하고 초범이기에 선처를 베푼다는 게 사법부의 판단이었다. 꽤나 관대한, 청소년의 미래를 염두에 둔 판결이라고 기와 농, 도는 자위하며 대한민국 사법부의 미래를 희망적으로 전망했다.

그렇지만 이후 셋에게 주어진 부정적 영향력은 거의 동일했다. 언뜻 들으면 북미 지역에서나 나타남직한 사건의 주역이 된 이유만으로 기와 도는 자발적 오타쿠가 되어야 했으며, 다른 이들에게 경계의 대상으로 전락하고 말았다. 그 탓에 둘은 고등학교에 진학한 지 반년도 되지 않아 학교를 중퇴해야만 하는 불상사를 겪었다. 참고로 기는 대안학교에 입학한 지 이틀 만에 그만두었다.

농은 그래도 꾹 견뎌내며 일학년까지는 얌전한 여자아이처럼 학교를 다녔다. 교복치마도 줄여보고 또래들처럼 아이돌 그룹을 좋아하는 시늉도 해보았다. 그러던 농 역시 일학년 이후부터는 더 이상 학교를 다니지 않았다. 그 이유를 기와 도는 모른다. 돌이킬 수 없을 정도로 커져버린 폭발 사고의 주역이 되어 다시 만나게 된 지금까지도.

기는 지금 농에게 학교 중퇴의 이유를 캐묻고 싶은 마음이 티끌만큼도 남아 있지 않았다. 녀석에게 중요한 건 농이 자신에게 말했던 이른바 임무 착수금인 삼백만 원을 지급받는 것뿐이다. 그것만이 한 치 앞 현실에 전 우주의 가치를 매몰시킨 기의 절대적 희망이었다.

물론 도는 기와는 다소 다른 경우이긴 하지만 그 역시 농으로부터 얻고 싶은 엄중한 사실이 존재했다.

중학교 때 벌어진 다소 충격적인 해프닝 이후 연락이 두절된 농이 다시 연락을 해와 요구한 건에 대한 대가를 기는 명심하고 있었다. 임무만 성사하면 일금 삼백만 원을 현찰로 지급해준다는 조건이었다.

기에게 삼백만 원이 절대적으로 중요한 이유가 있다. 최근 녀석의 마음을 사로잡은 해괴한 이름의 여자친구 육돌순과 만난 지 백 일째 되는 날이기 때문이다. 만난 지 백 일인 것과 삼백만 원이 무슨 관계냐고 물을 수도 있겠지만 두 사건 사이엔 꽤 치밀한 함수 관계가 작용했다. 별 볼일 없는 기가 아이돌급 외모를 가진 육돌순을 여자친구로 만들 수 있었던 결정적인 동인이 바로 삼백만 원짜리 명품 백에 있었기 때문이다. 기는 명품 백으로 돌순을 붙잡아두었다. 만난 지 백 일이 되면 네가 그토록 갖고 싶어 하던 백화점 명품 매장 한구석에 진열된 명품 악어가죽 백을 사주겠다고 입버릇처럼 약속했던 것이다.

하지만 딱히 알바를 하는 것도 아닌 고등학교 중퇴생 기에게 누가 삼백만 원을 후원한단 말인가. 막연함으로 하루하루를 소비하던 기에게 농의 제안은 그야말로 마른 땅의 단비가 아닐 수 없었다. 기는 지금도 확신할 수 있었다. 설령 가방에 담긴 게 토막 난 시체든 폭발물이든 무조건 운반하고 보았을 거라는 자신의 결의에 대해 말이다.

그러므로 정작 지금 기를 분노하게 만든 건 엄청난 화력의 수제 폭탄을 담은 가방을 들고 다니게 한 농의 황당 무모한 임무 성격 때문이 아니라 현재 팔과 다리가 묶여 있는 농의 일관된 입장 때문이었다.

한마디로 농은 기에게 삼백만 원을 줄 수 없다고 했다. 다혈질인 기가 농의 살집 좋은 아랫배와 머리통을 세차게 두들겨대도 결과는 마찬가지였다. 중학교 때부터 유독 반응이 느리고 말까지 더듬거리는 농은 갖은 욕설과 협박에도 같은 말만 지루하게 반복했다. 삼백만 원을 줄 수 없다는 것. 더 정확히 말해 삼백만 원을 지금 줄 수 있는 능력이 없다는 것이었다. 기가 막힌 기가 적나라한 욕설을 내뱉는 동안 농은 한때 남자친구라고 믿어 의심치 않던 도를 측은한 표정으로 올려다보았다. 하지만 쿨 가이 도는 농의 굴욕에도 무표정, 무관심으로 일관했다.

기, 도, 농 2

　돈을 줄 수 없다고 버티는 무모함에 대해 경악하는 기와 달리, 도는 치밀하게 혹은 은밀하게 접근했다. 묶여 있는 농과 눈이 마주치자 도는 도리어 농을 그윽하게 바라봤다. 게다가 다정하게 농의 어깨에 손을 올리며 부드러운 말투로 묻기까지 했다.

"뭐가 그렇게 초조한 거지?"

도는 자신이 제대로 짚었다고 생각했다. 아닌 게 아니라 묶여 있는 농의 몸은 뭣 마려운 강아지처럼 달아올라 있었다. 대단히 조급한 기색이었다. 농이 기에게 지금이라도 임무를 완수해야 한다고 반복해 말하는 걸 볼 때 도의 확신은 더욱 강해졌다.

도의 질문에 농은 자신이 만든 오폭한 폭발물처럼 반응했다. 침까지 튀겨가며 다급함을 호소한 것이다.

"오늘 하지 않으면 안 돼."

"뭘 말이야."

"거사 말이야, 거사."

거사. 따지고 보면 그 거사가 이 년여 동안 헤매고 있었던 셋이 다시 만나게 해준 결정적인 동인이 아닌가. 그 빌어먹을 거사가 가져온 파괴력이 지금 텔레비전에서 비현실적으로 제시된 대대적 사건을 통해 입증되고 있었다. 기의 즉흥적인 분노를 더욱 고조시키는 뉴스 기사가 쉼 없이 반복되는 걸 볼 수 있는 이유가 바로 거기에 있었다.

겁 없는 십 대 남녀는 실제 폭파가 가능하며, 살상력마저 우수한 수제 권총과 폭발물들을 갖고 다니며 서울 시내 주요 공공 기관을 파괴하려는 음모를 꾸민 것으로 추정된다고 군사 전문가들은 밝히고 있습니다. 아울러 이들이 혹 남파한 북한 공작원들의 사주를 받은 것은 아닌지 심도 깊게 논의하는 가운데 경찰은 이 사건을 단순 사고가 아닌 대대적인 테러에 준하는 범죄로 인식하고 국가정보원과 대테러 특공대, 약칭 유디티 요원들과 연계하여 용의자를 색출하는 작전을 수립할 것이라고 밝히고 있습니다.

뉴스 속보가 일단락되기도 전에 기의 발차기가 난폭하게 농의 가슴팍으로 파고들었다. 기에게 보기 좋게 얻어맞은 농이 오히려 힘주어 기를 원망했다.

"이게 다 너 때문이야."

"이런 사람 잡을 년이 지금 어디다 대고 화를 내!"

"새끼야. 네가 한 발만 일찍 국회의사당에 갔어도 임무도 수행하고 돈도 받고 좀 좋았어."

황당함에 기가 막힌 기가 더 말을 잇지 못하자 그 틈

을 타 잽싸게 도가 끼어들었다.

"그 임무라는 게 국회의사당을 폭파하는 거였어?"

농은 최대한 측은해 보이는 표정을 지으며 도를 올려다본 채 고개를 끄덕이는 것으로 답을 대신했다. 기는 고뇌하는 다비드 석고상이 되고 싶은 듯 의자에 앉아 다리를 꼬고 팔짱을 끼고서 깊은 생각에 잠겨들었다.

"그런 생각을 도대체 누가 한 거야."

"……."

"솔직히 말해야 돼."

"구루가."

"구루가 누구야?"

구루의 정체를 묻는 도의 질문엔 기가 대신 답했다. 여전히 퉁명스러운 말투로.

"구룬지 구루마인지 하는 인간이 인류의 구세주라고 한다. 나 참 기가 막혀서."

"넌 알고 있었어?"

"뭘? 쟤가 말도 안 되는 사이비 종교에 빠진 거 말하는 거야? 알고 있었지. 해괴한 생각만 하는 애가 결국 하다하다 사이비 종말론에 빠지기나 하고. 하긴. 그러니 그 나이에 계집애가 폭탄 같은 거나 개발하고 자빠졌지.”

농이 억울하다는 듯 울부짖으며 항변했다. 그녀가 입을 벌릴 때마다 역한 구취와 함께 방금 전 기에게 구타당한 충격으로 인해 부러진 앞니가 피고름과 섞여 쏟아져 나왔다.

“야, 말 좀 가려서 해. 우리 구루가 무슨 공짜폰 이름인 줄 알아.”

“이년이 뚫린 입이라고.”

“그만해, 기. 이런다고 해결되는 건 아무것도 없어.”

“그래. 말 한번 잘했다. 그럼 도대체 어떻게 해야 해결할 수 있는 거냐. 이제 우린 좆됐어. 완전 좆됐다고!”

우렁찬 기의 고함은 나름 최상의 설득력을 가진 발언이었다. 뉴스 속보에서 다루는 사안의 위중함만 놓고 보면 세 명은 극악무도한 반체제 게릴라로 불려도 손색이 없을 지경이 되었다. 기가 호기 좋게 소리쳐 놓고선 도의 다음 말을 기다렸다. 제아무리 자신에게 소년 전과자

딱지를 달아주는 데 공헌한 녀석이라곤 해도 셋 중에선 가장 사리판단이 빠른 게 바로 도 아닌가. 물론 농의 경우는 다른 것 같았다. 농이 근 몇 년 동안 이토록 공들여 임무를 수행하려 했던 근본 목표는 기의 단순함도, 그렇다고 도의 어설픈 복수심과도 또 다른 것이었다. 도는 자꾸만 그것을 확인하고 싶은 충동을 느꼈다.

하지만 무언가를 캐묻기엔 시간이 너무 촉박했다. 할리우드 액션 영화에서 보면 사건 발생 후 몇 시간도 채 지나지 않아 경찰들이 용의자의 아지트를 급습하곤 하지 않는가. 이곳이 제아무리 농 같은 오타쿠들의 은둔처라 해도 열 평 남짓한 사무실 절반이 농이 개발한 화약고다. 이곳 역시 몇 번 조사해보면 여지없이 발각될 위험 장소라는 계산이 서자 도의 머릿속 역시 어지러워져 갔다. 어지러움을 호소하는 도에게 농이 다시금 우는소리를 하며 징징거렸다.

"너희는 이해할 수 없겠지만 이제 곧 말세가 임박할 거야. 한반도만이라도 이 극심한 말세로부터 구원하기 위해선 썩은 위정자들을 심판하는 말세 의식을 거행하는 수밖에 없어. 그러니 오늘 구루가 말씀하신 미션을 꼭 수행해야 해."

농의 절박한 호소에 도가 회의적인 반응을 보였다.

"이제 다 파투난 판인데 어떻게 미션을 수행해? 기가 들고 가려던 가방은 폭발했고 나 역시 네가 벌여놓은 미션에 함께할 생각이 전혀 없어졌어. 그런데 어떻게 하겠다는 거야."

"내가 직접 갈 거야."

"어디? 국회의사당으로? 미쳤군."

"내게도 전략이란 게 있어. 이래 보여도 일 년 이상 준비해온 미션이야. 절대로 포기할 수 없어."

"이거 완전히 중증이군. 농. 내가 아무리 연구소 이름을 말세 뭐뭐라고 지었다고 해도 진짜 말세니 뭐니 하면 어쩌자는 거야. 우리가 알면 얼마나 알겠냐. 우리는 아직 사반세기도 못 살아본 인종이란 말이야."

'사반세기'란 말뜻을 제대로 알아듣지 못한 농이 눈만 끔뻑거리자 도가 한심하다는 듯 고개를 가로저으며 상황을 정리했다.

"그러니까 결국 네 말은 무슨 수를 쓰든 국회의사당으로 가겠다는 거지? 그러니까 풀어달라는 거고."

말귀를 알아들은 농이 그제야 고개를 끄덕이며 반가운 표정을 지었다. 도의 상황 정리를 듣던 기가 다시금 조급한 분노를 터뜨렸다.

"그럼 내 돈 삼백만 원은 어떡하고?"

"줄 수 있어. 내가 가서 미션만 성공하면 구루가 무기 제작비로 삼백만 원쯤은 인터넷뱅킹으로 계좌이체 해준다고 했단 말이야."

"사방으로 경찰들 쫙 깔렸고 텔레비전이며 인터넷에 얼굴도 팔릴 대로 다 팔렸는데 무슨 수로 미션을 성공시켜!"

"왜 사람 말을 못 믿어!"

"말도 안 되는 소리 집어치우고 삼백만 원이나 내놔! 안 그러면 여기서 모두 뒈지는 거야."

어떤 면에선 기가 농보다 더 순진한 종말론자가 아닌가 하는 의심이 들 정도로 녀석의 태도는 막장이었다. 농과 도는 기가 도대체 무슨 이유로 삼백만 원에 저토록 매달리는지 이해하지 못했고, 딱히 이해하고 싶은 것도 아니었다.

도는 슬슬 피로감을 느꼈다. 농의 일관된 태도와 길길이 날뛰는 기의 불 같은 성미 모두를 만족시킬 수 있는 해결책이 필요했다. 언제나 그랬다. 마지막 방향 제시는 도의 몫이었다. 그런 측면에서 도는 아무것도 하지 않았지만 결국 이들 셋의 시작과 끝 역할이 되곤 했다. 지금도 마찬가지였다.

이윽고 어색한 침묵이 흘렀다. 악을 쓰다 지친 기는 결국 텔레비전을 박살내는 것으로 잠시 난동의 휴지기를 가졌다. 농은 기에게 얻어맞은 고통을 호소하는지 납득 불가한 미션을 수행하지 못하는 안타까움을 호소하는지 모를 흐느낌을 지속했다.

잠시 침묵한 뒤 도가 말문을 열었다. 무언가 작심한 듯 비장한 목소리였지만 뚜껑을 열고 보면 대단한 건 아무것도 없었다. 사태를 조금만 냉정하게 보면 누구나 할 수 있는 말이었다. 그럼에도 도가 다른 두 명에 비해 우월한 건 그 둘 모두 냉정한 눈을 갖고 있지 못했기 때문이었다.

"농. 너에게 먼저 묻자."

"말해."

"넌 정말 무슨 일이 있더라도 미션인지 뭔지를 해야만 하겠냐."

"물론."

"기. 너한테도 물을게."

"뭘?"

"너도 꼭 오늘 삼백만 원을 받아야만 하는 거냐."

"두말하면 잔소리지."

"그럼 이런 식으로 마무리하는 건 어떤지 한번 들어봐."

한번 들어봐. 그건 도가 중학생 때도 자주 둘에게 건넨 말이다. 그때 기와 농은 별다른 의심 없이 도의 설명에 회유되었다. 몇 년이 지났다고 해서 그러한 패턴이 크게 달라지진 않을 것이다. 오히려 더욱 갈급하게 도의 가르침을 섭취할 것이다. 결과는 이미 최악이 아닌가.

도

일사불란하게 상황이 정리되고 지하상가에 마지막으로 남은 건 도였다. 도는 자신의 제안을 흔쾌히, 왕의 성은을 황공하게 받아들이는 폐비처럼 농과 기에게 한 줌의 뿌듯함도 갖지 못했다. 어차피 둘은 어떻게 해서든 자신의 제안을 받아들일 거였다. 그렇지 않으면 달리 어떻게 해볼 도리도 없지 않느냐는 것이 도의 생각이었다.

홀로 남은 도는 자신의 몫으로 마련해놓은 농의 무기들을 가방 속에 챙겨 넣었다. 샌드백을 닮은 초대형 가방 두 개에 무기를 대충 욱여넣으니 뜻 모를 포만감마저 느껴졌다. 동시에 지난 삼 년 동안 지하 창고에 틀어박혀 무기 개발에만 골몰했던 농의 오타쿠 기질에 경외감을 품지 않을 수 없었다. 아둔한 년. 어쩌자고 청춘을 무기 개발에다, 그것도 모자라 사이비 종말론에 바치는지. 도는 자신도 모르게 혀를 끌끌 찼다. 지금이 태양력으로 몇 년인가. 2012년이다. 종말이 온다면 뭔가 그럴싸한 수치의 긴장감이 느껴져야 하는 것 아닌가. 1999년을 보

라. 거창하고 심대한 의미 부여가 가능하지 않은가.

도는 농이 위대할 정도로 남다른 연구욕을 갖고서 삼류 사이비 종교의 가르침에만 매달리는 양상에 치를 떨었다. 하지만 그걸로 그만이다. 자신이 치를 떤다 해서 달라지는 건 아무것도 없으며, 자신으로 인해 달라져서도 안 된다. 내가 뭐 그년 남친도 아니고. 그 몽매의 구렁에서 그년을 구원해줄 경우 그 뒷감당은 또 누가 한단 말인가.

그래도 도가 상가에 남아 뭉그적거리는 이유는 바로 농이 숭배하는 단체에 대한 호기심 때문이었다. 일 년 내내 켜져 있는 컴퓨터 모니터를 바라보고 있자니 그 호기심은 더욱 증폭되었다. 모니터 메인 화면은 작고 큰 별들로 가득 메워졌고 'world is dead'란 문법이 제대로 맞는지 의심되는 편지체 문장이 깜빡거렸다. 농이 종일 접속해 있는 인터넷 사이트가 분명했다.

도가 의자에 앉아 마우스를 클릭하는 동안 녀석은 자신의 행위를 합리화하기 위해 머릿속으로 꽤 많은 독백을 내뱉었다. 이건 중학 동창으로부터 결코 흔하게 경험

할 수 없는 종류의 물건을 나눠 받은 동지가 갖게 되는 최소한의 관심이다. '이 종교에 무슨 엄청난 호기심이 있어 접속해본 건 결코 아니다'라는 식의 자위의 문장들을 머릿속 의지 세계에 박아넣었다.

사이트에 접속한 이후, 도는 오히려 농처럼 중독되지 않을 거라는 자신의 다짐이 송구스러울 지경이 되었다. 세상에. 이런 식의 가르침으로 어떻게 세계를 구원한단 말인가. 도는 삼류 다중플레잉게임 프롤로그에도 못 미치는 인류 종말 시나리오와 구루를 통한 구원의 메시지가 담긴 인터넷 카페의 조잡한 웹디자인에 기가 질렸다. 자기가 무슨 마술사나 은행 강도도 아니면서 검은 팬티스타킹을 닮은 가면을 쓰고 노숙자처럼 갈색 수염을 덥수룩하게 기른 이른바 이 단체 최고 지도자의 용모는 절로 도의 헛웃음을 자아내기에 부족함이 없어 보였다.

사이트를 검색하는 내내 도는 고개를 설레설레 저으며 구루라는 인간이 지껄이는 이른바 설법이란 것의 유치찬란함, 그에 반응하는 채 열 명도 안 되는 열혈 신도의 찬양 일변도 리플을 읽으며 도무지 이해할 수 없다는 나름의 결론을 내렸다. 그런데 모순적인 건 이런 뭣 같지도 않은 가르침으로 인해 지금 이 시각 대테러 특공대원의 출동이니, 국가 준재난상태 선포라느니 호들갑을 떨어대는 현실이 발발한 것이다. 게다가 이런 현실의 주범으로 지목된 자신의 현 상태를 생각하니 정신이 번쩍 드는 것도 사실이었다.

자리에서 일어난 도의 눈을 마지막까지 사로잡은 건 농이 추종한다는, 그래서 끝내 구루의 마지막 가르침인 한반도 멸망의 첫 번째 징조인 국회의사당 파괴 성업을 달성하겠다는 이 미치광이 단체의 명칭이었다. 정크. 정크란 두 음절. 영문 비속어, 싸구려 음식이나 난민들을 태운 유랑 뗏목을 암시하는 그 이름이 바로 이 단체의 정식 명칭이었다.

뭐. 그럴 수도 있다. 작명이야 최고 지도자의 고유 권한이니까. 그런데 왜 하필 정크인가. 도는 그 질문을 던지지 않을 수 없었다. 또한 어째서 이 빌어먹을 호기심이 식도 끝까지 차오르는지 설명할 길이 묘연했다.

정크라는 이름은 자신의 출입을 금지했던 별 볼일 없는 홍대 지하 클럽 이름과 동일하지 않은가. 이름이 같다고 해서 둘 사이에 연관성이 있으리라는 보장은 어디에도 없다. 그렇지만 정반대로 생각하면 모골이 송연해지는 것도 사실이다. 만약 클럽 정크와 농의 유일신이 이끄는 종교 단체 정크가 서로 관련이 있다면 어떻게 되는 건가. 도의 의문은 녀석의 고질적인 필요악과 같은 호기심으로 비약된다. 그건 비단 도만의 특수한 기질은 아닐 것이다. 학교 운동장에 박아놓은 철봉만 봐도 성욕을 품을 나이 아닌가. 모든 것에 호기심을 넘어 거대한 음모론을 품지 않을 수 없는 시기를 단지 통과하고 있을 뿐이었다.

가까스로 모니터에서 눈을 뗀 도는 더 늦기 전에 도망쳐야 한다는 신념을 불태웠다. 그 의지만으로 녀석은 샌드백 가방 두 개를 하나는 어깨에, 다른 하나는 왼손에 움켜쥐고서 힘겹게 창고를 빠져나갔다.

기

　기는 계속되는 혈기와 울화에 시달렸다. 열거하자면 한두 가지가 아니었다. 우선 간사한 도의 세 치 혀에 다시금 놀아나 회유되었다는 사실에 대한 분노가 가장 큰 비중을 차지했다. 삼백만 원을 바로 현금으로 쟁취하지 못하고 무기로 대신 받게 된 번거로움이 도의 제안에서 비롯되었기 때문이다. 삼백만 원을 무조건 받아야 하겠고 농은 돈이 없으니, 지금까지 만들어놓은 권총이며 토마호크 지뢰까지 다양한 무기를 삼등분해서 나눠 갖는 걸로 계산 끝내자는 도의 제안은 언뜻 그럴듯해 보였다. 그렇지만 결국 이런 식의 번거로움은 절로 울화를 일으킨다. 상상해보라. 쇠붙이 고철덩어리 한두 개만 모여도 짊어지는 게 고역이다. 그런데 무기 수십 정이라니. 그 무거운 것을 보자기 같은 자루에 담아 두 손으로 질질 끌어대며 택시에 오른 기는 행선지를 묻는 운전기사에게 대뜸 '세운상가!' 하고 외쳤더랬다.

　세운상가 이층. 그곳이 없었다면 아마 기는 결코 도의

제안 따위는 받아들이지 않았을 것이다. 오랜 고향과도 같은 그곳엔 장물아비이자 아는 형, 돼지아빠가 있었다.

일찌감치 제도권 교육을 때려치우고 서울 곳곳을 싸돌아다니던 기의 주요 활동 영역은 세운상가였다. 처음부터 활동 영역을 그곳으로 결정한 건 아니었다. 하지만 불량 청소년의 운신의 폭이 지극히 좁은 게 이 땅의 특징이다. 세운상가 근처에서 불법 포르노 디브이디나 해적판 시디를 무더기 도매로 구입해 홍대나 대학가 근처 클럽에 팔아치우는 일이 기가 해온 주된 업무였다. 그러던 중 장물아비, 돼지아빠를 만나게 되었다.

돼지아빠라는 별명 그대로 아랫배가 남산만 하게 돌출된 녀석에게 기가 새롭게 알게 된 사실이 있었다. 그 결정적인 정보는 지금 기의 행보를 주저함 없이 세운상가로 향하게 만든 동인이 되어주었다. 돼지아빠는 기에게 자신이 무기도 거래한다는 사실을 자랑스럽게 귀띔해주었다. 어린 녀석에게 뭘 그리 자랑하고 싶었는지 침까지 튀겨가며 제3세계에서 밀수입한 총기류를 보여주던 돼지아빠에게 기가 처음으로 보였던 반응은 '이런 건

내 친구가 중학교 때 이미 만들었다'는 말이었다. 돼지아빠는 그런 기의 말을 결코 믿지 않았다. 간혹 무기를 만드는 겁 없는 청소년들이 있긴 하지만 그건 어디까지나 애들 비비탄 수준에서 조금 더 발전한 것뿐이다, 또는 그런 실력은 국내 토종이 아닌 할렘 물을 먹은 교포 양아치들 실력이라고 못 박아 말했다. 그러나 기는 물러서지 않았다. 녀석은 자신과 친구들이 진짜 수제 총을 갖고 격발도 했으며, 지역사회를 한번 제대로 뒤집어놓았다는 무용담을 자신 있게 말했다. 그러자 돼지아빠가 제안했다. 만약 그런 무기가 있으면 가져와보라는 것이었다. 농의 무기를 삼등분하자는 도의 말을 듣는 순간, 무기를 가져오면 뭐 어쩔 거냐고 따져 묻는 기에게 돼지아빠가 가격을 두둑이 얹어 매입하겠다는 말을 반복해 들려주었던 걸 기는 본능적으로 기억해냈다.

택시 안에서 기는 돼지아빠의 대포폰 다섯 개에 일일이 전화를 걸기 시작했다. 다섯 개 번호 중 어느 것을 돼지아빠가 받을지 미지수였기에 일일이 한 번씩 전화를 거는 수밖에 없었다.

그렇게 네 번째 번호에 전화를 거는 순간 돼지아빠가 전화를 받았다. 일 년 만이었지만 따분해 견딜 수 없어 하는 돼지아빠의 목소리는 여전했다.

"누구야. 취침 시간에."

"나야 형."

"누구?"

"기!"

"이 새끼. 잠수 타더니 왜 다시 전화하고 지랄이야."

"물건이 있는데 빨리 처분해줘."

"무슨 물건?"

"총, 수류탄, 지뢰. 없는 게 없어. 모두 합쳐서 열 개가 넘어."

운전석의 기사가 듣건 말건 상관없이 기는 농이 개발한 수제 무기들의 성능을 세세한 부분까지 설명해주었다. 기가 꽤 디테일한 사양을 늘어놓자 잠자코 듣고 있던 돼지아빠도 한층 진지해졌다.

"그래서?"

"뭐가 그래서야. 형이 물건만 갖고 오면 후하게 쳐준

다고 했잖아.”

“요즘 무기 찾는 애들이 어딨냐. 씨가 말랐어.”

“구라 치지 마. 왜 무기 찾는 애들이 없어. 하루에도 수십 번씩 쏴 죽이고 싶은 연놈들의 세상인데.”

“이 자식이 형한테 말버릇이 그게 뭐야. 너 말 짧게 한다.”

“그게 중요한 게 아니잖아. 팔아줄 거야, 말 거야? 그것만 말해.”

“얼마가 필요한데.”

“삼백.”

“미친 자식.”

‘미친 자식’, 그 말과 함께 잠시 침묵이 흘렀다. 미친 자식이라…… 무슨 뜻일까. 기는 고민했다. 장물 값을 터무니없이 세게 불렀다는 건가. 아님 너무 적게 불렀다는 건가. 택시는 벌써 광화문을 통과해 종로3가를 향하고 있었다.

기의 의문을 뒤로한 채 잠시 침묵을 지키던 돼지아빠가 말을 이었다.

"어디야. 지금?"

"거의 다 왔어. 형네 가게야."

"그럼 와서 얘기하지. 뭘 전화하고 난리야."

"돈 줄 거야, 아니야? 그것만 말해."

"일단 와. 와서 얘기해."

"삼백만 원 줄 거야, 말 거야!"

"야! 줄 테니까 오기나 해. 추적당하지나 말고."

통화는 그런 식으로 종료되었다. 휴대전화를 호주머니에 찔러 넣은 기가 고개를 좌석에 깊이 파묻고는 잠시 눈을 감았다. 어울리지 않게 생각이란 걸 해보았다. 삼백만 원에 대해서. 기는 자문했다. 지금 자신에게 삼백만 원이 이토록 필요한 이유가 무엇인가. 잘못하면 평생을 감옥에서 썩을지도 모르는 이 판국에 말이다. 그러나 기는 결국 그 질문에 대한 답을 구할 수 없었다. 질문 자체가 무의미했다. 기에게 중요한 것은 삼백만 원이다. 그 돈으로 여자친구 육돌순의 환심을 살 수만 있다면 그걸로 족한 것이다. 기는 자신의 순수한 열의가 훼손당하는 것을 원치 않았다. 그러면서 녀석은 자신에게 최면을 걸었다. 육돌순과 한 번만 잘 수 있다면 모든 것을 쏟아 부을 수 있다는 무모한 결의문 같은 것을 스스로에게 세뇌해 넣었다. 적어도 이런 순수한 결의가 잘못된 것이 아니지 않느냐는 당위를 가질 수 있기 때문이었다.

농

어쩌면 도가 제시한 방안에서 최악의 피해자는 농일지도 모른다. 도와 기가 농이 전력을 다해 개발한 무기들을 멋대로 삼등분해 점유할 권리는 사실 어디에도 없었기 때문이다. 그렇지만 십 대의 셈법은 일반 경제 논리와 전혀 다르다. 일반의 인과율, 법이 엄존하는 어른들의 논리와 달리 십 대의 논리에는 그들만의 특수성이 존재하는 법이다. 열정의 논리. 그것이다.

물론 농은 자신의 선택을 그런 식의 나름 거창한 언어로 승화시킬 자신이 없었다. 자신의 현재 정신 상태를 지배하는 하나의 가치에 대해서도 그랬다. 자신조차 납득시키지 못하는 절대의 논리. 단지 농은 그것이 자신에게 주어진 천형의 업이라고 확신했다. 구루가 그렇게 말했다. 구루의 명령에 절대 복종하는 존재의 정신세계는 차라리 종의 근성, 노예정신으로 무장되어야 된다고 말이다. 농이 판단할 수 있는 가치 체계는 거기서 멈춰버렸다. 그 이상의 질문, 핵심을 구성하는 질문을 던지는 것 자체를 농은 무의미하게 생각했다. 도대체 구루의 말을 왜 들어야 하는지에 대한 질문, 그 질문의 의미, 구루라는 존재의 허무에 대해 생각할 수 있는 여지를 의도적으로 망각해버리는 자리를 대신한 건 열정의 논리였다.

무모한 열정의 논리가 그녀로 하여금 썩 위대한 발걸음을 내딛게 만들었다. 결박으로부터 풀려난 농이 이후 한 일은 하나의 주제로 집약되었다. 자신의 전신을 무장하는 일이었다. 무지막지한 비주얼을 과시하는 철갑으로. 그녀의 중무장 과정이 무참할 정도로 해괴하게 다가왔던 것일까. 무기를 챙기다 말고 기가 이렇게 물을 정도였다.

"야. 도대체 지금 뭐하는 거야."

"알 거 없잖아. 무식한 놈아. 얼른 삼백만 원어치 무기나 챙겨서 꺼져버려."

기는 더 이상 묻지 않았다. 물을 수 없었다는 게 더 솔직한 표현일지도 모른다.

한마디로 농은 철갑을 두르기 시작했다. 애국가 4절 가사를 절로 떠올리게 만들 정도로 농은 자신의 얼굴과 가슴, 허벅지 그리고 발목을 철갑으로 감싸는 중무장을 시작한 것이다.

물론 철갑 역시 파고철을 일일이 용접해 만들어낸 농의 작품이었다. 물론 보기에는 볼품이 없었다. 언뜻 보면 파고철을 뒤집어쓴 것 같은 흉측함마저 느껴졌다. 하지만 찬찬히 들여다보면 나름 치밀함이 돋보이는 무장이다. 칼을 휘둘러도, 심지어 총알을 맞아도 멀쩡할 것 같은 견고한 철판들의 조합이 농의 얼굴과 어깨, 가슴, 등, 허벅지, 종아리에서부터 복숭아뼈까지 온몸 전체를 외부 공격으로부터 보호할 수 있는 보호 장구로 덮어버린 것이다.

하지만 모든 완벽한 논리에도 허점은 존재하는 법. 농

이 두른 철갑엔 최대의 약점이 존재했는데, 바로 행동이 무지막지하게 제약을 받는다는 점이었다. 철판의 무게가 상당했기에 철갑을 두른 농의 발걸음은 현저하게 둔화되었다. 몇 걸음 걷지도 않았는데 얼굴과 몸 전체로 식은땀이 줄줄 흐르기 시작했다.

어디 그뿐인가. 농은 전신을 철갑으로만 감싼 것이 아니었다. 철갑 다음에는 초대형 군용 조끼를 힘겹게 걸쳐 얹었는데, 조끼 자체에 별다른 무게가 실린 것은 아니지만 열 개에 육박하는 조끼 주머니를 가득 메운 수제 폭탄을 연결한 것은 가히 압권이었다. 어린아이 주먹만 한 폭탄에서부터 농의 얼굴 크기만 한 직사각형 폭탄까지. 열 개는 족히 넘는 제각기 다른 모양의 폭탄이 가느다란 전선들에 의해 실핏줄처럼 연결되어 있었다. 연결된 전선의 마지막엔 농이 제작한 스위치가 있었고, 문제의 스위치 박스는 농의 손에 쥐어졌다. 벽붙이 콘센트 부품을 개조해 만든 스위치 박스를 움켜쥘 때 농이 지어 보인 비장한 표정을 읽은 도가 팔짱을 긴 채로 물었더랬다.

"그 꼴을 하고 어딜 가겠다는 거야."

"가야지."

"그러니까 어딜?"

"국회의사당."

"철갑과 폭탄을 온몸에 두르고 국회의사당으로 가서 자폭이라도 하겠다는 거야?"

"정확히 말해 지하드라고 하지. 들어는 봤는가. 지하드?"

"이봐, 농."

이 대목에서 농은 도의 마음을 잘못 읽은 듯한 반응을 보였다.

"도. 네가 아무리 설득력 있는 말로 내 길을 가로막는다 해도 난 듣지 않을 거야. 난 가야만 해. 그것이 곧 구루의 뜻, 천계의 뜻이니까."

"아니, 그런 말이 아니라."

"그럼 뭐지?"

"과연 그 스위치가 제대로 말을 들을까."

"무슨 그런 엄청난 말을……."

말끝을 흐린 농이 다부진 표정으로 스위치 박스를 들

어 보였다. 동시에 엄지손가락을 박스에서 떼고 스위치를 눌러보려는 시늉을 하며 말을 이었다.

"어디 한번 여기서 시험해볼까? 터지는지 안 터지는지."

생명의 위협에 대해서 가장 극렬한 반응을 보이는 건 기였다. 녀석은 외마디 괴성을 질렀다.

"그만두지 못해! 도. 제발 저 사이코를 자극하지 말란 말이야."

도는 여전한 무표정으로 일관했다. 중학생 때도 그랬다. 농은 도의 포커페이스를 동경했던 지난 한때를 떠올려보았다. 새삼 부드러운 추억들이 생성되었다. 하지만 단지 추억일 뿐이었다. 도의 무정함으로 무장된 말들이 분절된 타악기의 음절처럼 터져 나왔다.

"모쪼록 행운을 빌어. 미션이 제대로 성사될지는 여전히 의문이지만 말이야."

마치 미래의 비밀을 꿰뚫고 있다는 듯한 도의 말투가 농의 오기를 더욱 강하게 자극했다. 농은 그래도 한때 첫사랑이던 도에게 마지막 작별 인사를 남겨주고 싶었지만 그마저 기운이 빠져버렸다.

그녀는 철갑과 폭탄으로 무장한 채 지하상가를 힘겹게 달려 나가고 있었다. 말이 좋아 달려간다고 했지만 실상은 기어가는 속도에 가까웠다.

도

기어이 도는 그 빌어먹을―순전히 녀석의 말을 빌려―호기심에 굴복된 자신과 마주해야 했다. 홍대의 지하 클럽 정크. 입구 문을 열고 들어서면 벽면 전체를 장식한 대형 거울과 마주한다. 어둑한 기운에 휩싸인 거울 속 자신의 현재 몰골을 도는 또렷이 목도할 수 있었다. 초대형 등산 가방을 어깨에 둘러멘 모습까지는 양호하다. 추억의 영화 〈람보〉에서 실베스타 스텔론의 어깨와 가슴을 엑스자로 감싸 안은 연발 기관총을 닮은 무기를 재연해 보인 녀석의 꼬락서니는 전투 슈팅 게임에 단골로 등장하는 캐릭터의 코스프레를 떠올리기에 충분했다. 그러나 이건 코스프레가 아니었다. 정확한 성능이나 격발 여부가 남아 있겠지만 도의 어깨를 엑스자로 감싸 쥔 연발 기관총은 실제 탄환이 장전된 진짜 기관총인 것이다.

그 사실을 제일 먼저 알아본 건 참혹할 정도로 억울한 표정을 하고 있는 디제이 녀석이었다. 닭벼슬 헤어스타일이 유독 눈에 거슬리는 여자아이와 함께 디제이 녀석은 부서진 클럽을 정리하는 데 여념이 없던 중이었다. 그런데 정크를 박살내버린 난동의 주역이 불과 몇 시간 만에 다시 이곳을 찾다니. 게다가 이번엔 아예 기관총 비슷한 것까지 챙겨들고서 말이다.

도가 이곳을 다시 찾은 이유보다 다시 찾을 수 있었던 담력의 근거를 살펴보는 게 더 흥미로울 것이다. 도의 만행은 필연적으로 경찰 신고를 부르는 행동임에 틀림없었다. 백주대낮에 총기 난사라니. 더구나 미국도 아닌 동방예의지국에다가 총기 소유가 불법으로 규정된 대한민국에서. 그러나 이 어마어마한 일에도 클럽 정크는 내내 침묵 중이었다.

　도는 이러한 정크의 침묵을 예상하고 있었다. 믿지 않을 수 없는 증거가 여전히 허공에 잔류한 채로 남아 있었다. 희뿌연 연기를 닮은, 코끝에 전달만 되어도 야릇한 두통을 호소하게 되는 마약의 기운이었다.

　지독한 불법의 온상을 그대로 노출하면서 법집행의 의지를 불태우는 바보가 없는 이상, 도 자신이 이곳을 다시 찾는다 해도 아무 제약도 없을 거란 자신감을 품은 것 역시 당연한 일이었다. 디제이 녀석과 닭벼슬 여자가 뭣 씹은 얼굴을 한 것 역시 그와 같은 치명적 결함 때문이 아닌가.

　도는 별다를 것 없는 무정한 눈길로 수제 기관총 총구를 디제이 녀석에게 겨누면서 다가갔다. 대걸레를 들고 바닥을 청소하려던 녀석이 재수 없다는 표정을 지으며 두 손을 들었다. 한 번 일을 겪어서인지 이전보단 긴장이 풀린 얼굴이었지만 여전히 도에게 꼼짝할 수 없는 현실은 분명히 알고 있다는 태도를 취했다. 도가 묻기 전에 디제이 녀석이 먼저 말문을 열었다. 존대와 반말이 뒤섞인 불량 인질이 보일 수 있는 저항의 말투였다.

"왜 다시 온 거예……요."

"마스터는 언제 와?"

"글쎄…… 그건…… 왜…… 물으시는……데요."

디제이 녀석의 목소리가 점점 더 작아졌다. 도가 겨눈 총구가 자신의 얼굴을 향해 성큼 다가들었기 때문이다. 도는 성가신 상대를 만나는 것 같은 지루한 표정으로 말을 이었다. 한 번만 더 두말하게 만들었다간 아예 당겨버리는 수가 있다는 무언의 경고도 함께 연출했다. 안전장치를 해제해버린 것이다. 그러자 슬금슬금 움직이던 닭벼슬 여자가 아예 자리에 주저앉아 울부짖기 시작했다. 도가 거듭 물었다.

"두 번 말하게 하지 마. 알겠지만 나 한다면 하는 놈이니까."

"말…… 말하세요."

"마스터 어디 갔냐니까."

"사실대로 말씀드려요?"

"물론이지."

"형은 지금 도피 중이에요."

“형?”

“이곳의 사장이 제가 알던 동네 형이거든요.”

“도피 중이란 게 무슨 소리야?”

“이곳은 사실 한 달 전에 망했어요. 월세도 밀린 지 벌써 반년째고, 형은 애초에 장사를 제대로 할 수 있는 마인드가 아니었거든요. 그래서 망해버렸죠. 빚더미에 앉아 신용 불량자 되고 튀어버렸어요.”

마인드니 신용 불량이니 도로서는 좀처럼 이해하기 어려운 말이었지만 대충 정리해보면 클럽 정크의 사장이 엄청난 빚을 지고 잠적해버렸다는 말이 성립되는 것 같았다. 하지만 그게 중요한 게 아니었다. 도는 어떻게든 그 사장이란 작자를 만나고 싶었다. 만나서 묻고 싶었다. 지금 디제이 녀석에게 할 질문과 동일한 질문들을.

“정크란 이름. 당신이 형이라고 부르는 그 인간이 지은 거 맞아?”

“맞아요. 그런데 왜요?”

“그 새끼는 왜 클럽 이름을 정크라고 지었대?”

“몰라요. 그냥 부르기 편해서 지은 거 아닐까요?”

"너네 형 말이야. 종교 있어?"

"몰라요."

그렇게 말하고 난 디제이 녀석이 뜨끔한 표정을 지었
다. 자신의 답이 지나치게 성의 없다고 스스로 판단한
모양인지 주저앉아 울먹이는 닭벼슬 여자에게 물었다.

"야. 너 혹시 형이 일요일에 교회 가는 거 본 적 있어?"

여자가 고개를 가로저었다.

"그럼 염주나 불경 같은 건?"

이번에도 여자는 고개를 가로저었다.

그렇게 두 번 물은 디제이 녀석이 거보라는 식으로 도
를 쳐다보았다. 도는 짜증스러운 얼굴로, 하지만 포기할
수 없다는 식의 집요한 질문을 던졌다. 자신으로부터 무
엇 하나는 건져가야겠다는 결사의 의지가 담긴 질문임
을 간파한 디제이 녀석은 도의 질문을 받자 순간 머리를
굴리는 표정을 지어 보였다.

"마스터 지금 어디 있어?"

"모른다고 했잖아요."

"씨발. 갈 만한 곳이라도 불어봐. 꼭 만나야 할 일이

있단 말이야."

"글쎄…… 그게."

"빨리 말해라. 안 그럼 아예 다 죽는 거다."

위협은 최상의 설득이다. 이런 식의 원리를 도는 시험 해보고 싶었다.

효과는 바로 나타났다. 총구의 위협에 견디다 못한 디제이 녀석이 다음과 같이 치명적 단서를 고백했다. 물론 녀석의 말이 진실인지 거짓인지를 확인하는 일은 미지수로 남겠지만 말이다.

"홍대나 합정역 근처 찜질방에서 지낸다고 들었어요."

"확실해?"

"정말이지 전 그것밖에 몰라요. 빚더미에 앉아 잠수 탄 인간이라 폰도 끊어놔서 연락이 안 된단 말이에요."

"너네 형 인상착의 말해봐."

"인상착의라고 할 게 뭐가 있나?"

이 질문엔 울먹이던 닭벼슬 여자가 대신 답했다. 제법 상세한 관찰력이 돋보이는 답변이었다.

"눈이 뱀눈처럼 찢어졌고요. 턱은 사각턱이고 코가

들창코인 데다가 찌르면 아플 정도로 턱수염을 기르고 항상 우울한 얼굴을 하고 있고. 여하튼 재수 없게 생겼어요."

"키는 커?"

"아뇨. 나보다도 작아요. 백육십오도 안 될 거예요."

'이 정도 물었으면 되었다'는 식의 육감이 도의 뇌리를 스치는 순간이었다. 도는 급격한 피로가 밀려옴을 느꼈다. 어깨를 짓누르는 수많은 총기들의 압박이 무엇보다 견디기 어려웠다. 도는 무기의 무게를 감당해야만 하는 자신이 순간 한심하게 느껴졌다. 도대체 이 쇠붙이들을 들고 다니면서 무엇을 하려는 것인가.

삽시간에 해일처럼 몰아닥치는 도의 지독한 회의를 난데없이 자극하는 질문이 터져 나왔다. 잠시 넋 나간 사람처럼 멍한 표정을 짓는 도에게 디제이 녀석이 다음과 같이 물은 것이다. 녀석도 그 주체 못할 호기심을 분출할 수밖에 없었던 것일까.

"뭐 하나 물어봐도 돼요?"

"......."

"형은 왜 찾으려는 거예요?"

"……."

"혹시 클럽에서 쫓아낸 것 때문에 그러는 거예요?"

"씨발."

도의 입에서 짧은 욕설이 튀어나오자 디제이 녀석이 잽싸게 입을 다물어버렸다. 그렇지만 이후 도의 행동이 일관성이 없는 것도 사실이었다. 실제로 도는 답을 찾지 못했다. 사장을 찾아서 무엇을 하겠는가. 농이 추종하는 사이비 종교와 클럽 정크가 무슨 관계가 있는지 캐물어서 무엇을 하겠다는 건지. 도는 설득력 있는 답을 찾아보려 해도 답을 구할 수 없었다.

도. 그야말로 밑을 닦다 중단해버린 듯 찝찝함을 그대로 끌어안고 클럽 밖을 걸어 나와야 했다. 밖으로 나가면 수많은 사람들이 자신을 지켜볼 것이다. 그들 중 과연 자신을 알아볼 정도로 세태에 관심 갖는 이가 몇이나 있을지 도는 시험해보고 싶었다. 그건 아예 호기심을 넘어선 객기가 아닐까. 그래도 도는 미심쩍은 희망을 버릴 수 없었다. 기관총을 어깨에 엑스자로 멘 채 한참 유행이 지난 바이크 MX-50을 타고 홍대 거리 한복판을 가로지를 수 있는 이 현상이 증거라면 증거일 것이다.

기

세운상가 이층의 낭만은 기가 이층에 오르는 첫 계단에 발을 딛는 순간부터 헝클어졌다. 욕심껏 챙겨 넣은 탓에 들고만 있어도 버거운 장물 가방을 들고 계단을 오르기 시작한 기는 급기야 이층 복도에 오르는 순간 무언가 단단히 잘못되었다는 느낌을 지울 수 없었다.

아무리 장물 천국이라 예약제로, 혹은 음성적으로 뒷거래가 이뤄진다 해도 겉모양만큼은 여타 다른 상가의 번잡함을 떠올려야 정상이다. 게다가 영업 종료 시간도 아닌 이 시간대에 이층 복도는 터무니없을 만큼 고요했다.

기는 이곳에서 한 번도 이런 식의 고요함을 접해본 적이 없었다. 돼지아빠가 있는 사무실까지 가려면 적어도 이층 복도를 한 번은 훑고 지나가야 하는 상황. 녀석은 무언가 잘못되었다는 느낌을 특유의 민첩한 육감으로 환원시켰다. 계단에 몸을 걸치고 서서 오른발만 이층 복도에 올려놓은 채 잽싸게 복도 주위를 살폈다. 즐비하게 한 칸씩 꿰차고 들어선 상가들. 굳게 닫힌 문 너머로 어렴풋하지만 분명하게 상인들의 모습이 드러났다. 그들 중 기는 상인으로 보기 어려운 차림새의 한 남자를 발견했다. 요즈음 백주 대낮 광화문 거리를 어슬렁거리는 꼬락서니를 갖고 있는 남자를 기는 도무지 이곳 상인으로 생각할 수 없었다. 게다가 닫힌 유리문 너머로 자신을 집어삼킬 듯 노려보는 폼까지. 저건 상인이 아니다. 기는 순간 멈칫하는 본능에 이 사태를 맡기기로 했다.

기를 안심시키기 위한 미끼 하나가 정체를 드러냈다. 이층 복도 끝에서 한 남자가 어슬렁거리며 나타났다. 그 남자는 돼지아빠였다. 말보로 레드를 입에 물고 나타난 돼지아빠의 천연덕스러운 표정을 보는 순간 기의 마음은 다소 안정을 찾을 수 있었지만, 그것이 최악의 미끼라는 사실을 알아차린 건 불과 한 걸음 겨우 옮길 시점이었다.

차라리 귀신을 속여라. 내가 속을 줄 알아. 순간 기가 입을 앙다물었다. 그러곤 나머지 한쪽 발마저 복도 위에 올려놓은 자신의 행동을 뼈아프게 후회했다. 왔으면 들어오지 않고 뭐하냐고 예전과 다름없는 너스레를 떨어대는 돼지아빠의 익숙한 표정과 말투가 도리어 뭔가 막중한 어색함을 감추려 위장하는 모습으로 기의 눈에 비쳤다. 어색한 발걸음이야말로 피할 수 없는 명백한 증거였다. 기는 대한민국 공권력의 발 빠른 대응에 기가 막혀 견딜 수 없다는 반응을 보였다. 이런 순발력이면 벌써 통일되고도 남았겠다.

기는 선택의 기로에 놓였다. 도주는 기본이다. 여기서 잡히는 날엔 모든 게 끝장이다. 삼백만 원을 돼지아빠로부터 수령받게 될 장물 거래가 물 건너가는 것까진 괜찮지만 여기서 경찰에게 잡혀버리면 여자친구에게 명품 백을 사줄 수 있는 기회는 아마도 영원히 모색할 수 없을지도 모른다. 그것만큼은 막아야 한다는 절대적 사명감이 끓어오르자 기는 엄청나게 대담한 행동을 선보였다. 어깨에 메고 있던 복싱선수 가방을 거꾸로 세우고 지퍼를 열어젖혔다. 그러자 유탄 발사기며 구식 소련제 권총 모양을 닮은 각종 무기들이 마구잡이로 쏟아졌다. 돼지아빠가 고함을 질렀지만 기는 멈추지 않았다. 가방 무게를 절반으로 줄인 순간 기는 그대로 뒷걸음질쳐 가방을 어깨에 메곤 계단 밑을 내려다보았다. 이미 이층 복도에 수십 명 가까이 되는 중무장한 대테러 요원들이 대기 중이었다. 일층에서도 분주한 움직임이 감지되었다. 그러나 기는 망설이지 않았다. 망설임이 없을 만큼의 긴박한 상황은 도리어 당사자로 하여금 상황을 비현실적인 것으로 받아들이게 하는 법이었다. 더욱이 현실 감각이 그라운드 제로 상태를 치닫는 기와 같은 청춘에겐 더더욱 그랬다. 기는 화려한 모양새로 중무장한 대테러 요원들이 실탄을 장전한 총을 자신에게 겨누고 있다는 느낌이 도무지 들지 않았다. 그러한 무감각이 현재 상황을 서바이벌 게임의 한 장면으로 인지하도록 만드는 기괴한 대담성을 허락해주었다. 녀석은 흡사 야마카시를 즐기듯 이층 계단 난간에 손을 집고서 그대로 일층으로 뛰어내렸다.

위태로운 착지가 있은 후 기는 자신의 오른쪽 발목에 적잖은 충격을 감지했지만 그런 걸 신경 쓸 만큼 여유롭지 못했다. 입구 쪽과 상가 반대편 차도 근처에 벌써 몇 대의 백차와 호송용 봉고차가 주차되어 있는 모습이 포착되었다. 의외로 일층에서 기를 향해 접근해오는 이들의 태만에 가까운 여유로움이 기의 신경을 거슬리게 했다. 그들은 불량 고딩에 불과한 기가 감히 이 상황에서 도주를 선택할 거란 상상을 하지 않았던 것 같았다. 기는 저들의 안일한 태도 인식에 편승해야만 했다. 자신을 향해 썩은 미소를 지으며 걸어오는 대테러 요원들의 상식에 정면으로 도전했다. 한 걸음 물러선 기가 만일의 상황을 위해 바지 뒤춤에 꽂아두었던 농의 야심작 수제 연발 산탄총을 꺼내들었다. 물론 실탄이 장전되어 있는지, 실제 격발이 되는지 여부는 여전한 의문부호였지만 여하튼 그것은 충분히 살상무기의 체모를 갖추고 있었다. 그것을 들이미는 순간 어슬렁거리던 대테러 요원의 긴장감이 고조되었고, 그 긴장감은 오히려 기에게 절

묘한 도주로를 제공해주는 기회로 발전했다. 난생 처음 실제 상황에서 자신의 얼굴 앞에 총구가 어른거리는 긴박함을 경험한 대테러 요원 두 명이 그만 그 자리에 주저앉고 마는 추태를 보였기 때문이다. 기는 그대로 무기를 손에 쥔 채 입구 반대편 차도를 향해 전력으로 내달렸다. 뒤늦게 경찰과 테러 요원들의 "움직이지 마!", "이 어린 놈이!" 하는 식의 엄포가 쏟아져 나왔지만 부질없었다. 차도를 향해 뛰어들다시피 한 기는 그대로 육차선 도로를 가로질러 늙은이들의 천국이자 은둔과 도주의 메카 종묘공원 속으로 미끄러지듯 빨려 들어갔다. 삽시간에 벌어진 일이었다.

　농

　농의 등장은 여의도 공원에 모인 일반 시민들에게 위협과 공포의 대상이라기보단 우스꽝스러움과 기괴함이 공존하는 인상으로 다가왔던 모양이다. 농은 자신을 그런 식으로 재단하는 시민들의 시선이 못내 서운하고 못마땅했다. 하지만 지금 그들의 반응 따위를 신경 쓸 만큼 그녀는 한가롭지 못했다. 구루도 말씀하셨다. 본래 현자, 또는 선각자는 세인들의 조롱거리로 비쳐지는 법이라고. 자신도 그렇다고 푸념하듯 말하던 구루의 말씀을 농은 똑똑히 기억했다.

농의 꼬락서니를 보면 필경 헛웃음이 흘러나올 것이 분명했다. 가슴과 등을 한 바퀴 두른 철갑은 차라리 귀엽기까지 했다. 폐기 처분된 전자 부품들이 얼기설기하게 철갑 위를 에워쌌고, 머리엔 공사장 안전모를 개조한 것을 둘러쓰고 있어 도대체 비장하거나 살벌한 기색은 찾아보기 어려웠다. 거기에 결정적으로 무표정한 농의 얼굴에 스며든 무료한 기질이 한몫 단단히 담당하고 있었다.

한 명, 두 명. 공원에서 오후의 휴식을 즐기던 사람들이 농의 차림새를 보며 한마디씩 수군거리기 시작했다. 그러더니 뭐랄까. 자연스럽게 공원 벤치에 두 발을 딛고 올라서 있는 농의 주변으로 모여들어 군집의 형태를 갖추기 시작했다.

농구를 하는 청년들, 수업을 빼먹은 게 확실해 보이는 여학생들, 증권가 정서로 무장한 정장 차림의 직장인들, 서울역이나 용산보다는 세련되고 부유해 보이지만 여전히 할 일 없어 보이는 중년들까지. 모두들 농의 기괴한 차림새를 보며 뜻 모를 기대감을 보내기 시작했다. 그 뜻 모를 기대란 무엇일까. 농은 자신을 향해 한 걸음, 두 걸음 걸어오는 사람들을 보며 숨 막히는 긴장감에 사로잡혔다.

농의 긴장감은 시민들의 호기심과는 처음부터 궤적이 달랐다. 농은 지금 그야말로 지하드, 성전의 전위에 선 투사다. 더욱이 이 투쟁은 지상의 영예와 평화만을 추구하는 땅의 유희가 아니다. 이것은 천계에서 벌어지는 고결한 투쟁이다. 그러므로 투쟁을 통한 희생의 결과는 단연 순교가 되어야 할 것이다. 오오 순교.

아직은 어린 농이지만 고딩의 벌렁거리는 감수성의 오감 속을 파고드는 순교라는 두 음절이 가져다주는 숭고함은 동시에 막대한 사태에 대한 서슬 퍼런 긴장감을 조성하곤 한다. 지금 같은 순간이 그런 것이다. 저 우매한 백성들은 내 몸을 휘감고 있는 붉고 푸른 전선들의 조합이 무엇을 의미하는지 모를 것이다. 이 순교의 제물을 이끌고 어디로 향할 것인지 모를 것이다. 그러나 곧 알게 될 것이다. 그때 깨닫게 될 것이다. 그대들이 우습게만 보던 이 못생긴 여고딩이 어떻게 인류를 구원하는지 보게 될 거라 이 말이다. 농은 인류 구원의 간절한 마음을 평소 외우던 주문을 읊조리는 것으로 애써 달래보았다.

여의도공원 벤치에 올라서서 등산용 망원경에 고글까지 갖춰 쓴 농이 유심히 관찰한 장소는 국회의사당이었다. 국무회의인지 무엇인지 정확한 모임명을 농이 알 길은 묘연했지만 여하튼 그녀는 국회의사당 안으로 속속 들어가는 국회의원들의 면면을 유심히 살피기 시작했다. 오후 세 시. 구루가 가르쳐준 심대한 정보에 의하면 세 시 반부터 국회의원들의 정신 나간—순전히 구루의 말을 빌리면—회의가 시작될 것이다. 그때 지역구와 비례대표를 포함한 삼백여 명 가까이 되는 국회의원들이 한두 명의 예외만 제외하고는 모두 참석할 예정이었다. 그 시점과 때를 맞춰 농이 벌이는 지하드의 성패 여부가 결정된다. 장렬한 순교냐. 이도 저도 아닌 개죽음이냐. 구루는 이 결과는 여리고 순결한 소녀—이 역시 구루의 말을 그대로 옮긴 것이니 오해 마시길—농에게 달려 있다고 했다. 농은 이렇듯 자신에게 집중된 임무에 짐짓 끔찍할 정도로 무거우면서도 말로 표현하기 어려운 오르가슴을 느꼈다. 이걸 뭐라고 말해야 되나. 자신의 존재가 우주의 중심에 서 있다는 느낌? 자신을 통해 인류의 역사가 뒤바뀐다는 게임 시나리오에서나 등장함직한 거대 담론이 자신이 두른 철갑과 수제 무기를 통해 구현된다는 사실은 농에게 더할 수 없이 벅찬 흥분이기도 했다.

농은 마음속 결심을 더욱 견고히 하기 위해 눈을 감고 격하게 주문을 외기 시작했다. 주문을 외면서 약속된 순교의 시간이 도래하기만 초조하게 기다렸다. 여의도공원으로 견학인지 쓸모없는 방랑인지 모를 유랑에 나선 유치원 아이들의 조잘거리는 소리조차 외면한 채 농은

주문을 외며 벌렁거리는 심장을 진정시키는 일에 전력
을 기울였다.

기

기는 이른바 대테러 특공대원들의 집요한 선제적 포
위망을 터무니없이 수월하게 탈출했지만, 달리는 택시
뒷좌석에서는 내내 가슴이나 무르팍을 두들기며 원통
해했다. 돼지아빠만 믿고 무기를 끌고 세운상가로 향했
는데 나타난 결과가 이런 패잔병의 모습이라니. 특히 기
는 절반이 빠져나가 홀쭉해진 자신의 가방을 보며 되지
도 않는 영어 욕설을 쏟아냈다. 그 와중에도 자신을 룸
미러로 흘낏 훔쳐보며, ‘머리에 피도 안 마른 놈이……’
하고 훈계하는 듯한 표정을 짓는 택시 운전사에게 “운전
이나 똑바로 하라”며 윽박지르는 악동다운 습성의 표출
도 잊지 않았다.

기가 택시를 타고 향한 다음 행선지는 맹목의 성지였

다. 물론 기의 목표는 확고부동했다. 어떻게 해서든 오늘 내로 일금 삼백만 원을 손에 쥐어 여자친구가 갈망하는 명품 백을 구입하겠다는 목표 의식은 타의 추종을 불허했다. 그러나 돈을 어떻게 마련해야 할지에 대해선 더 이상의 계획이란 게 머릿속에서 그려지지 않았다. 그럼에도 노인들로 가득한 종묘공원 일대를 조깅하듯 뛰어다닌 후, 개인택시에 올라탄 다음 기는 운전기사에게 분명한 행선지를 밝혔다. 갤러리아 백화점. 그것도 압구정동에 위치한 명품관으로.

강변북로를 지나 한남대교를 넘어 목표 지점에까지 도달하는 데 무려 한 시간 가까이 소비되었다. 기는 반사적으로 택시 미터기를 확인했다. 요금을 확인하는 동시에 기는 주변을 두리번거려야 했다. 행여 대테러 요원들이 자신의 행선지를 사전에 파악했는지 확인할 필요가 있었기 때문이었다. 하지만 기는 더 이상 세운상가에서와 같은 일은 벌어지지 않을 것으로 짐작했다. 총기의 장물 판매, 돼지아빠와 기의 관계는 막대한 정보력을 과시하던 정부산하 대테러 요원들의 발군의 기지에 의해 발각될 수 있는 사안이었다. 하지만 기는 확신했다. 자신이 강북을 넘어 아무 연고도 없어 보이는 강남의 백화점을 찾을 것으로 예상하는 이는 아무도 없을 것이라고.

그 점이 기를 안심케 했다. 하지만 이후부터의 상황은 죄다 기에게 성가신 것들 일색이었다. 우선 택시에서 무사히 빠져나가는 것부터가 문제였다. 기는 예의상 호주머니에 손을 찔러보았다. 뒷주머니에 장식용으로 쑤셔넣고 다니는 지갑도 열어보았다. 가진 돈이라 봐야 만 원이 채 되지 않았다. 택시 미터기는 야속하게도 이만 삼천 원을 가리키고 있었다. 택시 운전사는 한 푼의 에누리도 용납하지 않을 것 같은 인상의 소유자였다.

기는 다시금 전의를 가다듬지 않을 수 없었다. 어차피 지금 상황만 모면한다고 될 일이 아니었다. 택시에서 빠져나와도 명품관에서 삼백만 원을 호가하는 명품 백을 사야 하는 막중한 사명이 기다리고 있지 않은가.

녀석은 결의하지 않을 수 없었다. 전의의 분출에 대한 결의가 머릿속에서만 머물러선 결코 안 된다는 사실을 다시금 자신에게 채찍을 가하듯 주입해 넣었다. 가학에 가까운 자기 단련이 황당한 빛을 발하는 순간이 도래한 건 택시가 갤러리아 백화점 명품관 주차장을 향해 스멀거리는 속도로 서행하기 시작하던 순간이었다. 택시 운전사는 입을 비쭉 내밀며 어서 빨리 돈이나 내고 꺼지라는 식의 퉁명스러운 말 몇 마디를 내뱉었다. 방금 전 자신의 관심과 호의를 어린놈이 예의 없게 짓밟았다는 사실에 대한 나름의 대응이었다.

기는 운전사를 오히려 측은하게 생각했다. 단지 운수가 나쁜 것뿐이다. 그렇게 생각하던 기의 재빠른 손놀림은 어느새 가방의 지퍼를 열고 그 안에 담긴 내용물 중 하나를 꺼내 상대에게 공포의 대상을 확인시켜주는 행위로까지 발전했다. 산탄총 한 정을 꺼내 직접 장전하는 흉내까지 선보인 것이다. 룸미러를 향해 시선을 돌린 택시 운전사의 목덜미에 기는 제법 잘 빠진 수제 산탄총의 총구를 갖다 댔다.

섬뜩하고 낯선 이질감이 차내를 장악하는 순간 라디오에서는 뉴스가 막 시작되었다. 뉴스는 당연하다는 듯 겁 없는 십 대 남녀들의 폭탄 테러 사건 속보로 시작했다.

다소 경박스러울 정도로 긴박한 여자 아나운서의 멘트는 살벌함 그 자체였고, 그로 인해 기는 이번에도 수제 산탄총의 성능을 의심하지 않아도 되는 수월한 분위기를 장악할 수 있었다. 운전사는 라디오에 등장한 무서운 십 대를 자신의 목에 총구를 겨누는 기로 간주할 수밖에 없었다. 기의 험악한 인상이 그러한 운전사의 확신에 기름을 부었다.

기는 별다른 말을 하지 않았다. 성질 같으면 총기의 성능을 확인해보고도 싶었지만, 그 후 발생하게 될 번잡한 뒤처리가 마음에 걸려 한차례 경고하는 것으로 무임승차 의식을 마무리하고자 했다. 오랜 택시 운전 경력 탓에 얻은 처세술인지 운전수는 거친 욕설과 함께 "신고하면 머리에 총알 구멍 열 개는 뚫어줄 줄 알아" 식의 다소 유치한 경고 메시지를 두서없이 쏟아내는 기의 말에 고분고분 반응했다.

택시에서 내린 기는 아예 막장의 늪에 들어가기로 작심했다. 녀석은 위험천만한 테러의 위용을 거침없이 드러내고 싶었다. 그러한 의지의 일환으로 기는 택시 운전사를 향해 겨눈 산탄총을 다시 가방에 욱여넣거나 하는 번거로운 작업을 생략했다. 그로 인해 압구정역 거리에서 흔히 접할 수 있는 양아치 고등학생인 기는 일순간에 평범함이 거세된 존재로 비약되기에 충분했다.

그런 기의 무모함에 대해서 어떠한 해석도 허용되지 않는다는 걸 그 자신이 더욱 잘 알고 있었다. 십 대란 나이가 사리를 분별할 수 있는 나이라고 생각하는 건 인성교육에 대한 기대를 품고 있는 이들의 철저한 환상과 착각에 불과하다. 십 대, 그것도 학교에서조차 받아주지 않는 존재들에게 어느 순간 찾아드는 무모함, 사리분별에 대한 근본적 망각은 그들에겐 필연적인 미덕이자 절대의 어리광으로 치환되기도 한다.

지금 기의 경우도 크게 다르지 않았다. 필연적인 미덕은 녀석의 머릿속에서 그려지는 게임의 세계와 현실이 구별되지 않는 상태의 도래였다. 절대의 어리광은 지극히 상투적인 것으로, 이를테면 '이런 괴물을 만든 건 바로 이 뭣 같은 사회잖아!'라는 식의 항변이었다. 이 두

가지 항목을 기는 이 순간 간절히 붙잡고 있을 수밖에 없었다.

어쩌면 기는 자신에게 면죄부를 주고 싶었는지도 모른다. 그러나 기는 앞의 두 가지 항목과는 다른 목적을 품고 있다는 것을 애써 외면하려고 했다. 기는 어깨에 산탄총을 두른 채, 자신을 흘끔흘끔 쳐다보는 또래 여자아이들에게는 호의적으로, 반대로 남성들에겐 언제라도 총구를 겨눌 기세로 으르렁거리는 양가적인 태도를 고수하면서 명품관 입구를 향해 성큼성큼 발걸음을 옮겼다. 그러면서 현재 상황의 어색함을 떨쳐버리기 위해 무언가라도 하지 않으면 견딜 수 없을 것 같은 심사에 기는 휴대전화를 꺼내 전화를 걸었다. 기가 전화를 걸 수 있는 대상, 전화를 걸고 싶은 대상은 유일했다. 여자친구밖에는 없었다.

입구에 들어서는 순간 기는 턱턱 숨이 막혀왔다. 시야를 압도하는 메탈릭 인테리어와 세련미의 극한을 치닫는 점원들, 쇼핑을 즐기는 쇼핑중독자들의 모습에 스스로 주눅들기 시작했다. 그러나 기는 여기서 밀리면 끝

장이라는 생각에 오히려 더욱 과시라도 하듯 여자친구
와의 통화에 몰두하면서, 다른 한편으로 명품관 입구 앞
데스크에 두 손을 가지런히 모으고 공손한 자세로 서 있
는 안내원에게 여자친구가 찾는 브랜드가 있는 곳을 힘
주어 물었다.

여자친구는 아직 뉴스 따위를 접하지 못한 게 틀림없
다고 기는 생각했다. 기가 전화로 백의 브랜드 이름을
재차 확인하며 내친김에 자기가 지금 압구정 갤러리아
에 왔으니 저녁 여섯 시쯤에 만나 근처에서 맥주나 한잔
하자고 제안하는데도 순순히 응하는 목소리를 듣자 그
러한 확신을 거둘 수 없었던 것이다.

기는 어쩌면 현재 상황이 완벽한 게임 속이 아닐까 하
는 기대를 품어보기도 했다. 총을 들고 백화점 내부를
들쑤시고 있는 자신은 근사했고, 차갑기만 하던 여자친
구의 목소리가 더없이 부드러웠고, 몇 초라도 더 길게
통화하고 싶어 애쓰는 모습이 예전에는 찾아보기 힘들
정도로 정다웠기 때문이다.

하지만 기가 모르고 있는 단 한 가지만큼은 게임이 될

수 없었다. 이미 기의 신변과 행방을 알아낸 이들이 여자친구에게까지 찾아가 기와의 통화를 최대한 길게 하라고 사전 주문을 했다는 사실 말이다.

농

농은 본의 아니게 미션 수행 시간, 즉 심대한 결의를 실행하는 순간을 십 분 앞당길 수밖에 없었다.

물론 그건 농의 자발적인 의지와는 다른 선택이었다. 주변 상황의 심각함이 농을 자극했다고밖에 말할 수 없을 것이다. 그런데 그 심각한 상황의 도래가 농이 미리 예상하고 있었던 시나리오와는 전혀 다른 방향에서 점화되었다. 농이 예상했던 시나리오란 건 대충 이랬다. 농의 비범한 중무장을 보고 불안한 테러의 기운을 감지한 주위 경찰들이나 치안 담당자가 접근한다든가, 나름 공공질서에 지대한 관심을 가지는 오지랖 넓은 시민들이 접근한다든가. 그러한 상황의 발현을 농은 자연스럽게 예상했고, 그에 대한 대응책도 염두에 두고 있었더랬다.

그런데 지금의 상황은 조금 경우가 달랐다. 물론 결과는 농의 예상과 엇비슷하게 들어맞긴 했다. 여의도공원을 배회하던 시민들의 결집이 농을 사태의 중심으로 이끌어가는 것까진 괜찮았는데, 그 이유가 농에게 이유 모를 불쾌감을 안겨다주었다. 그 불쾌함의 시작은 '엘리트'란 이름의 유치원에 다니는 한 여자아이의 비명 같은 울부짖음과 함께 발화되었다.

농은 유치원에 다니는 아이의 손에도 휴대전화가 쥐여 있을 거라곤 생각하지 못했다. 하지만 그건 현실이었다. 처음부터 농을 호기심이나 무서움이 아닌 별 다른 시선으로 해부하듯 바라보던 여자아이가 어느 순간부터 대성통곡하기 시작했다. 그때가 농의 작전 수행 시간 이십 분 전이었다. 이십 분만 지나면 천하가 무너져도 미션을 수행하기 위해 무거운 발걸음을 옮길 작정이었다. 두 명의 결원만을 기록한 국회의원들이 죄다 모여든 국회의사당으로 돌진하려고 단단히 작심하고 있었던 것이다. 그런데 여자아이의 울음소리가 여간 드센 것이 아니었다. 더구나 여자아이가 휴대전화를 쥐고 있는 손의 방향이 줄곧 농을 표적으로 하고 있었다. 유치원 교사가 여자아이를 달랬고, 여자아이는 그런 선생에게 휴대전화를 직접 보여주었다. 농은 다소 불안한 눈길로 여자아이와 아이에게서 휴대전화를 받아 든 유치원 교사를 쳐다봤다.

그때부터였다. 농과 휴대전화 속 미지의 화면을 번갈아 살피던 유치원 교사가 불길한 시선을 머금고서 서서히 농으로부터 멀어졌다. 그것은 매우 노골적인 경계 의사의 표현이었는데, 유치원 교사가 다른 동료에게 무언가 속삭이자 그 교사 역시 순식간에 태도가 돌변하는 것이었다. 교사는 서둘러, 평소와는 전혀 다른 허둥댐으로 아이들을 인솔하기 시작했고, 그러자 아이들은 순식간에 대혼란 상태로 빠져들었다.

그때가 일종의 시작점이었다. 교사들의 당황하는 모습을 확인한 공원의 다른 배회자들 역시 일제히 휴대전화을 꺼내 뉴스 속보를 확인하고 나섰다. 속보에 등장한 농의 모습은, 이미 공개되었던 예의 뚱한 얼굴이 아니었다. 언론의 정보력은 가히 막강한 것이었다. 뉴스에 등장한 농의 새로운 사진은 농이 인터넷 블로그나 트위터에 올려놓은 망상에 가까운 글에서 나타난 미치광이 전신무장 상태를 예상해 시뮬레이션 처리한 것이었다. '이순신 장군처럼 철갑을 두를 것이다. 수십 발의 총알을 맞아도 두개골이 깨지지 않을 첨단 하이테크 헬멧을 착용할 것이다. 검은 마스크를 쓰고 검은 고글을 쓸 것이다. 그리고 온몸 전체에 직접 개발한 수제 폭탄 일곱 개를 단번에 터질 수 있도록 연결시켜 둘러멜 것이다' 등등.

수제 폭탄의 연결. 폭탄 테러의 주역. 몇 개의 자극적 문구만으로도 농의 정체는 여의도공원의 시민들에 의해 우습게 탄로 날 수 있었다. 그러자 시민들의 촌극이 본격화되었다. 여자들은 비명을 질렀으며, 아이들은 울기 시작했고, 넥타이 부대들은 서둘러 자기네 직장으로 돌아가려 했으며, 그중 극소수 노인이 농을 향해 삿대질을 하며 되먹지도 않은 훈계를 늘어놓기 시작했다. 그리

고 잠시 후, 이곳이 입법의 상징인 국회의사당 구역임을
과시하기라도 하듯 전투 경찰과 일반 경찰들이 하나둘
씩, 썩은 생선에 똥파리 떼 꼬이듯 모여들기 시작했다.

상황이 이 지경으로 전개된 시간은 바로 농이 순교를
전제로 한 미션 수행 시간 십 분 전이었다. 농은 처음엔
무척이나 망설였다. 모든 시나리오는 한 치의 오차 없
이 구루의 가르침대로 전개되어야만 한다고 농은 믿어
왔다. 그런데 상황이 이 지경이 됐으니 결단의 시간을
십 분 정도는 앞당겨야겠다는 판단을 하지 않을 수 없었
다. 무엇보다 농은 자신의 몸을 두르고 있는 철갑과 헬
멧, 그리고 폭탄들이 무거워 견딜 수가 없었다. 더 버티
고 있다가는 걸음을 옮기기도 전에 지쳐 쓰러지고 말지
도 모른다는 생각이 들었다. 게다가 똥파리 떼처럼 빠른
속도로 모여드는 공권력의 위대함이 농의 성미를 성가
시게 재촉하고 있었다.

결국 농은 발걸음을 옮겨야 했다. 국회의사당을 향
한 힘겨운 한 걸음을 내딛은 것이다. 농은 혹시라도 상
황 판단이 아둔한 경찰이 아무것도 모르고 자신에게 들

입다 달려들 것을 대비해 오른손을 하늘 높이 뻗어 올렸다. 목장갑을 낀 농의 오른손과 오른팔뚝엔 수십여 개의 전선이 꽈배기 꼬이듯 휘감겨 있었고, 전선 끝엔 성냥갑보다 조금 더 큰 크기의 컨트롤러 한 개가 농의 손에 쥐여 있었다. 농은 붉은 버튼이 인상적인 컨트롤러를 쥔 손을 더욱 힘껏 들어 올렸다. 농은 분명히 확인시켜주어야 했다. 자신의 순교 의지를 이 우매한 백성들에게—거듭 밝히지만 그건 구루의 주장이다—똑똑히 각인시켜주어야만 했던 것이다.

농은 뒤뚱거리는 오리걸음으로 국회의사당을 향한 힘겨운 돌진을 감행하고야 말았다.

도

어쩌면 셋 중 가장 한가롭고 태평한 인간은 도일 것이다. 도의 행동이나 그가 현재 눌러앉았다고 말할 수 있는 장소가 그러한 사실을 적실히 증명하고 있었다.

도는 여전히 홍대 근처에서 서성거렸다. MX-50 오토바이를 끌고 비둘기공원에도 가보았으며, 심지어 가출한 것으로 추정되는 노랑머리 여자아이들과 야한 농담을 주고받는 여유도 보였다. 도의 어깨엔 장검을 연상케 하는 수제로 제작된 유탄 발사기가 둘러메어져 있었다. 가출한 여자아이 중 유난히 못생긴 아이가 손으로 유탄 발사기를 가리키며, 그게 뭐냐고 물었다. 도는 주저하지 않고 총이라고 대답했다. 그러자 왼쪽 귀에 귀고리만 세 개를 박아 넣은 여자아이가 진짜 총이냐는 유치한 질문을 던졌다. 도는 원한다면 직접 보여줄 수도 있다고 했다. 그러자 가출 소녀들이 야유에 가까운 반응을 보이며 쓴웃음을 지었다. 그러면서 자기들끼리 담배를 돌려 피우면서 도를 위아래로 훑어보며 쑥덕거렸다. 도는 기가 막혔다. 가출 소녀들의 시건방진 태도가 심기를 자극한 게 아니었다. 홍대 거리의 절반을 메운 청춘들의 태무심함 때문이었다.

홍대 앞 하이마트 쇼윈도에선 사십이 인치 엘시디 텔레비전 석 대가 나란히 진열되어 있고, 석 대의 텔레비전

화면에선 일제히 서울 시내에서 백주 대낮에 벌어진 폭탄 테러 사건, 총기 난사 사건, 겁 없는 십 대들의 불가해한 야만성을 지적하는 정신과 전문의의 난처한 눌변이 이어지고 있었다. 그와 함께 긴급 수배라는 자극적인 문안이 계속해서 송출되었고, 사건의 주범으로 도를 포함한 기와 농의 사진이 여과 없이 반복적으로 방송되고 있었다.

쇼윈도 앞에 멈춰 선 도는 한참 동안 텔레비전 화면에 비친 자신의 꼬락서니를 살폈다. 내 외모가 저렇게 평범한가. 아님, 모두들 나란 인간을 투명인간 취급하는 걸까. 물론 도가 어깨에 둘러멘 유탄 발사기를 호기심 어리게 쳐다보는 거리의 청춘들은 엄존했다. 하지만 그뿐이었다. 뉴스 속보가 계속되고 있었지만, 현재 서울 시내에서 가장 위험한 인물 중 한 명인 도에 대해 관심을 기울이거나 최소한의 신고 정신을 발휘하는 이는 아무도 없는 것 같았다. 도는 그렇게 판단했다. 그건 일종의 육감 같은 것이었다. 거기까지 생각이 미치자 도는 두 가지 감정이 교차했다. 안심할 수 있다는 안도감과 함께 아쉬움이 밀려왔다.

도는 지금 이 순간 기와 농도 자신과 같은 상태일지 궁금했다. 하지만 도는 전원을 꺼놓은 휴대전화를 다시 사용하고 싶은 생각은 없었다.

도가 홍대를 떠나지 않고 계속 머무르는 이유 중 하나는 여전히 잔류한 호기심 때문이었다. 도는 정말 알고 싶었다. 정크라는 클럽에서의 난동 이후 그 호기심은 더욱 증폭되었다.

엄밀히 따지고 보면 도는 아직 제대로 된 복수를 종결 짓지 못했다. 자신에게 클럽 출입금지라는 굴욕을 안겨준 정크의 사장을 찾지 못한다면 이 복수는 결코 끝나지 않을 거란 찜찜함이 도를 미치게 했다.

한참 동안 홍대 거리를 쏘다니던 도가 마침내 들어간 곳은 피시방이었다. 도심 어디에서나 손쉽게 발견할 수 있는 지하 피시방. 피시방에 들어가서도 도를 눈여겨보는 이는 없었다. 카운터에 앉은 아르바이트생은 모니터를 통해 한 주 지난 드라마를 시청하는 데 여념이 없었고, 자리를 가득 메운 이용자들 역시 걸쭉한 욕설을 주고

받으며, 게임 삼매경에서 벗어날 의지를 보이지 않았다.

흡연석 한구석에 자리 잡고 앉아 말보로 레드 한 개비를 입에 문 도가 접속한 사이트는 인터넷 카페 정크였다.

어쩌면 처음부터 도의 접속 방향이 결정되어 있는 것처럼 보일 정도였다. 모니터 화면이 켜지고 인터넷 익스플로러를 더블 클릭하자마자 도는 앞뒤 가리지 않고 농이 정회원으로 활발하게 활동하는 정크라는 인터넷 카페에 들어선 것이다.

도는 오래전부터 농이 사용하던 아이디와 비밀번호를 알고 있던 터였다. 도는 누구나 비밀번호 제도를 선호하지만 그것만큼 노출에 취약한 방법은 없다고 생각했다. 평소에 알고 지내는 한 개인의 비밀번호나 아이디를 알아내는 건 그야말로 일도 아니었다. 정보의 양, 콘텐츠의 복잡성이 급격하게 증대할수록 오히려 사이트 출입을 허용하는 보안에 대해서는 허술해지는 법이다. 도는 오래전, 그러니까 중학교 때부터 농이 사용하던 아이디와 비밀번호가 몇 년이 지난 지금이라 해서 달라질 리 없을 거란 확신을 가졌고, 그 확신만으로 인터넷 카페 회원 로그인을 시도한 것인데, 결과는 도의 예상대로였다. 이로써 도는 별다른 어려움 없이 정크의 최고 우수회원인 농의 자격으로 활동할 수 있게 되었다. 적어도 현재의 사이버 공간에서만큼은 도가 아닌 농이 된 것이다.

도는 카페에 접속 중인 회원들의 닉네임을 살폈다. 몇 명 되지 않았지만 어렵지 않게 도가 원하는 단 한 명의 대상이 카페에 접속 중임을 확인할 수 있었다. 아마도 그 대상은 일 년 내내 정크에 붙박여 있는 카페지기 내지는 그곳의 주인장임이 틀림없어 보였다.

닉네임만으로도 도가 예상했던 대상의 정체는 싱겁게 탄로 나버렸다. 닉네임 '구루', 다른 회원들이 갖고 있는 유치찬란한 닉네임들 '은빛'이나 '카시오페아' 따위와는 확연히 다른 느낌을 가진 구루를 접하는 순간, 도는 저렇게 천연덕스러운 닉네임을 사용하는 인간이 지난 몇 년간 농의 심약한 정신세계를 장악해온 사이비 종교 지도자임을 어렵지 않게 추정할 수 있었다.

물론 농은 자신의 이러한 견해, 특히 사이비 중의 사
이비란 주장에 결코 동조하지 않을 것이지만 도는 그건
어디까지나 거반 정신줄을 놓아버린 오타쿠 농의 입장
일 뿐이란 사실을 마음속으로 새삼 확증했다. 그리고 그
확증은 점차 부정하기 어려운 진실로 구체화되었다. 제
정신, 최소한의 상식을 갖고 있는 사람이라면 구루와 다
른 회원들과의 채팅 내용을 간파해 구루라는 인간의 정
신연령을 어렵지 않게 가늠할 수 있을 것이었다.

농의 현재 상태가 갖는 긴박성의 출처가 분명 구루의
가르침 때문이라면, 지금의 구루는 어떤 마음가짐을 견
지하고 있어야 하는가. 도는 아무리 사리에 둔하거나 세
상살이가 미숙한 십 대라고 해도 그 정도는 모르지 않는
다고 스스로 자부했다. 적어도 자기 추종자에게 서울 도
심에서 자살 폭탄 테러를 사주한 종교 지도자라면 최소
한의 비장함은 있어야 하는 거 아닌가. 그런데, 지금 정
크에서 채팅 삼매경에 빠져 있는 구루는 그와는 전혀 다
른 상태에 몰두 중이었다. 특히 준회원으로 등록된 카시
오페아와 나누는 음담패설은 도를 낯 뜨겁게 만들 정도

로 민망한 수준이었다. 제대로 알아듣기 어려운 종교 용어가 가끔 튀어나오기도 했지만 그건 그야말로 구색을 맞추는 수준에 불과했다. 정회원으로 등록된 은빛은 끊임없이 계속되는 구루의 음담패설을 진실된 가르침이라는 식으로 포장하고 지원하는 데 여념이 없었다.

열과 성의를 다해 카시오페아에게 작업을 걸던 구루가 내내 침묵을 지키던 농, 실제로는 도에게 말을 건넸다. 최고 우수회원에게 건네는 말치고는 썩 무뚝하고 건조한 말투였다. 참고로 인터넷 카페 정크에서 사용되는 농의 닉네임은 여전사 '잔 다르크'였다. 도대체 무슨 생각으로 이런 닉네임을 지은 건지.

-잔 다르크. 이 시간에 웬일인가. 자넨 인류를 구원할 막중한 사명을 감당하고 있어야 하는 것 아닌가.

막중한 사명 운운하던 그 구루께서 방금 전 신입에 가까운 카시오페아에게 말을 건넸다.

-카시오페아 님. 오늘 밤 핫하게…… 어때? ^^

Chapter 3.
Market place

도

잔 다르크가 된 도는 아예 이 황당함을 극단으로까지 밀고 가고자 작심했다. 평소 농이 구루에게 어떤 태도를 보였는지 따위는 이 순간 전혀 중요하지 않았다. 도의 궁극의 관심은 이 빌어먹을 대상을 한번 알현해보는 것이었다. 다분히 충동적이고 무모하기 이를 데 없는 발상이었지만, 현재의 도에겐 충분한 당위가 존재했다.

정크라는 이름. 흔하다면 흔할 수 있다. 하지만 막상 살펴보면 결코 흔하지 않은 희귀한 이름이 중첩되는 현재의 상황에서 도의 호기심은 오기를 낳았고, 그 오기는 기어이 두 개의 정크 주인이 동일 인물일 거라는 근거 없는 확신으로까지 발전된 상태였다. 그러므로 도는 자연 농이 추종하는—도대체 무슨 이유로 추종하는지 도는 지금도 모르고 앞으로도 모를 것이다—정크의 주인인 구루가 불과 한 시간 전에 자기가 쑥대밭으로 만들어놓은 클럽 정크의 주인과 동일할 거란 확신을 갖고서, 구루의 상판을 보고 싶다는 욕망을 해소하기 전엔 그야말로 아무것도 할 수 없을 것 같았다. 물론 그 역시 당위가 지극히 희박한 목표 의식이긴 했다. 아마도 도는 결코 대답할 수 없을 것이다. '도대체 정크의 주인을 만나서 무엇을 어쩌려는 건가'라는 지극히 기본적인 질문에 대해 말이다.

도, 아니 잔 다르크는 서론, 본론 모두 생략하고 다짜고짜 결론에 해당하는 질문부터 던졌다. 구루가 어떤 반응을 보일지는 그야말로 미지수였다. 도박에 가까운 확률인 것이다.

-지금 어디세요?

-내 행방을 어찌 알려고 하시는가, 잔 다르크?

-하고 싶어서요.

-^^;; ?

-저만 있는 거 아니에요. 완전 연예인 싱크로율 백 프로인

언니도 함께 갈 거예요.

너무 되는 대로 내뱉은 걸까, 하는 후회가 도의 머릿

속을 가득 메우려는 순간, 곧바로 이어지는 구루의 답변

이 도를 오히려 더한 황당함 속으로 밀어 넣었다. 구루

의 다음 말을 접하는 순간, 도는 자신도 모르게 혼잣말

을 내질렀다. '뭐 이런 변태 사이코 새끼가 다 있어?'

-언니라면 자네보다 몇 살 위야?

-두 살 위예요.

-그렇담...... 대딩?^^

-건 잘 모르겠는데…… 싱싱해요.

-그렇담 인류의 구원 거사는 잠시 미루고 자넬 한번 만나보도록 하지.

-어디신데요?

-중생들이 허물을 벗고 누워 뒹구는 곳에서 잠시 쉬고 있네.

-글쎄 그게 어디냐고요?

-깜놀. 잔 다르크. 부쩍 예민해졌군. 좋아. 말해주지. 난 지금 찜질방이네. 어딘가 하면 말이지.

장소를 가리키는 대목에 다다르자 도는 본능적으로 휴대전화를 찾다가 전원이 꺼진 것을 확인하곤 컴퓨터 메모장을 열어 찜질방 이름을 입력했다.

기

아주 어릴 적 기는 포르노 중독이라는 흔하지만 추잡한 취미를 가진 아버지의 영향으로 자연스럽게 포르노를 접하게 되었다. 아버지는 국산이나 일본 포르노는 너무 시시해 볼 수가 없다고 하소연하며, 콜롬비아 등 남미에서 제작된 포르노를 즐겨 보곤 했다.

뭐, 포르노는 국적불문이라는 말이 있었다. 통속성이 철저하게 적용되는 장르의 규칙. 기가 접한 포르노에서도 예외는 아니었다. 대개 비슷한 체위와 남녀가 거의 아무 말도 주고받지 않은 채 행위에 열중한다는 장면의 유사성은 그 작품이 한국산이나 일본산, 심지어 콜롬비아산이라도 전혀 별다를 것이 없다는 게 오랜 시간 포르노를 보아온 기의 감상평이었다. 그럼에도 오랜 시간 기의 무의식을 사로잡는 포르노의 장면들이 어째서 지금 이 순간 다시금 눈을 뜨는지 녀석은 쉽게 납득하지 못했다. 아버지가 즐겨보던 콜럼비아산 포르노. 무대는 여자 수용소였다. 교도소장이며 간부들은 죄다 남자로 등장하는데, 그들은 모두 군복 차림에 어김없이 총기류를 허리춤이나 등에 소지하고 있었다. 삐딱하게 눌러쓴 군모 너머로 야만의 열기에 취한 눈빛을 번들거리며 여자 포로들을 한 끼의 적당한 먹잇감으로 보고 있었는데, 그런 그들의 입엔 여지없이 굵고 매캐한 연기를 내뿜는 여송연이 한 개비씩 보기 좋게 물려 있었다.

포르노의 한 장면을 추억하는 건 결코 아니었다. 지금도 기는 마음만 먹으면 서울역 공원 근처에서 배회하는 가출 여중생들을 상대로 질펀한 쾌락의 시간을 보낼 수 있었다. 그렇다면 무엇이 자신의 머릿속에서 떠나지 않는지 곰곰이 생각해보았다. 군복을 입은 남자들의 모습이었다. 더 정확히 말해 그들의 손과 등에 둘려 있는 총기류들.

장총과 권총들을 하나씩 손에 쥐거나 어깨에 두르고 어슬렁거리는 풍모에서 기는 혁명의 기운을 느꼈다. 물론 기가 마르크스나 헤겔 따윈 꿈에서도 들어본 적 없는 고등학교 중퇴생 신분인 것은 분명했다. 그래도 기는 혁명의 기운에 대해 명확히 말할 수 있는 자격은 확보했다고 자신에게 주문을 걸었다. 혁명은 기존 질서를 갈아엎는 것이다. 어째서 갈아엎어야 하는지, 그렇게 갈아엎으면 그 후에 무엇이 있는지에 대한 질문이나 고민 같은 건 깡그리 말소되었지만 그래도 기는 자신의 몸 곳곳에 혁명의 기운이 숨 쉬고 있음을 분노의 정서로 실감할 수 있었다.

기의 심리를 험악하게 자극하는 건 기가 기어이 이층 명품관에 진입한 이후부터였다. 기가 철통 같은 대테러 요원들의 감시와 결박 의지를 무력화하고 이곳까지 온 것은 스스로에게 썩 대단한 성과일 수 있었다. 그런데, 지금부터가 문제였다. 뭔가 대단한 살벌함, 자신을 적대적으로 대하는 상대의 잔뜩 긴장한 모습 같은 걸 상상했던 기의 예상과는 전혀 다른 양상이 기를 적잖이 풀죽게 했고, 동시에 분노하게 했다.

엄청난 위압감으로 점철된 매장 내부는 초입부터 자신과 같은 돈 없고 배운 것 없는 불량 청소년은 들어오지도 말라는 식으로 경고하는 듯해 기분을 잡치게 만들었다. 그렇지만 무엇보다 기의 심기를 완전히 분노의 구렁텅이 속으로 몰아넣은 건 점원들과 진열된 명품 백들의 거만함이었다.

콜롬비아산 포르노에 등장하는 군인들을 바라보는 여자들의 시선은 분명 그렇지 않았다. 포로로 사로잡힌 그녀들에게 군인의 총은 그야말로 절대적이었고, 공포의 대상이었다. 군인들은 자신들의 위치를 재확인하기 위해 더욱 냉정하게 포로들을 몰아붙였고, 그녀들이 철저히 자신들의 소유임을 과시하려 했던 것이다.

그러나 분명 포르노 속 군인과 별반 다르지 않게 중무장한 기를 바라보는 점원들의 시선은 기의 예상과는 전혀 달랐다. 말쑥한 정장 차림으로 인간이 지어 보일 수 있는 가장 환한 미소를 머금은 점원들은 그 미소를 자신들의 실제 고객들에게만 할애하는 냉정함을 선보였다. 그녀들의 실제 고객은 진열된 백들을 구매할 능력이 있어 보이는 이들에 국한되었다. 구제 티셔츠에 낡아빠진 청바지 차림으로 돌아다니는 기의 꼬락서니가 그녀들의 눈에 띌 가능성은 처음부터 존재하지 않았다. 그녀들은 매장 앞에 장승처럼 서 있는 기의 존재를 철저히 무시했다. 그녀들에겐 기의 어깨와 손에 메이고 쥐어져 있는 총은 한 움큼의 위협도 되지 못했다. 기는 그야말로 들어오지 말아야 할 곳에 잘못 밀려온 낯선 잉여에 불과해 보였다.

점원 중 한 명의 눈과 기의 부릅뜬 눈이 서로 충돌했다. 그 순간 기는 참혹할 정도의 절망을 이겨내야 했다. 어려 보이는 얼굴에 어울리지 않는 세련된 메이크업을 한 여자의 시선은 차가움과 경멸로 일관되었고, 결국 그 시선 속엔 단 한마디 요구밖엔 담겨 있지 않음을 기는 인정해야만 했다. 점원의 시선은 기에게 이렇게 외치고 있었다. '제발 꺼져주세요. 그 꼴을 해가지고선.'

기의 자격지심일 수도 있었다. 자신을 비하하며 오해한 것일 여지가 충분하긴 했다. 그래서일까. 기는 스스로 이 상황을 검증하기로 마음먹었다. 좀 더 초인적인 인내심을 발휘해 버텨보기로 한 것이다. 매장의 입구를 가로막고 자신의 손에 쥐어진 수제 권총의 살벌함을 그녀들, 그리고 투명한 유리 진열대를 차지하고 있는 갖가지 모양의 악어가죽 백들이 알아주기를 한 번만 더 기다려보기로 한 것이다. 그러나 결과는 마찬가지였다. 점원과 그녀들의 극진한 환대를 받으며 매장을 우아하게 거니는 상위 일프로 쇼핑중독자들의 기이하리만치 일관된 무관심은 언제라도 기를 투명인간 취급할 기세였던 것이다.

결국 기는 행동하지 않을 수 없었다. 수제 권총의 위력을 제대로 시험해볼 기회를 공교롭게도 이 시점에 맞춰 유발하고 만 것이다. 기는 별다른 경고의 말을 남기거나 고함을 지르지 않았다. 묵묵히 이 지독한 자본의 거만함에 함몰되어버린 인종들에게 작금의 살벌함을 일깨워주는 것으로 충분하다는 생각에 기는 가만히 총구를 매장 정면에 위치한 가장 화려해 보이는 백을 떠받는 진열대에 겨누었다.

한 발. 이미 안전장치를 풀고, 실제 총탄까지 장전된 방아쇠를 당기는 순간 기의 상체가 여보란듯 크게 휘청거렸다. 하지만 녀석의 휘청거림은 아무런 관심도 끌지 못했다. 방아쇠를 당긴 순간 일어난 단 하나의 현상은 앙칼진 그녀들의 비명이 험악하게 찢겨져 나간 것뿐이었다.

격발의 위력은 그런대로 괜찮았다. 농의 무기 제작 솜씨가 타의 추종을 불허하는 수준임이 새삼 입증되는 순간이었다. 방아쇠를 반쯤 당기자 총구에선 엄청난 굉음과 함께 검은 연기가 치솟았다. 동시에 총구가 겨눠진 방향에 놓여 있던 유리 진열대와 그 위의 진열물이 산산조각 났다. 파괴의 잔상보단 느닷없는 굉음이 부스 안에 모여 있던 모든 이들의 혼을 빼놓고 말았다. 그녀들은 일제히 귀를 틀어막고 바닥에 엎드려 필사적으로 비명을 질러댔다.

매장 밖의 상황도 마찬가지였다. 갑작스럽게 터져 나온 엄청난 총성에 층 전체가 들썩거렸다. 서성거리던 사람은 비명을 지르며 도망치기 시작했고, 다른 매장을 지키던 점원들 역시 놀라 몸을 숙인 채로 초조하게 이 사태를 주시했다.

고개를 숙였던 점원이 조심스럽게 고개를 쳐들었다. 떨리는 몸을 주체하지 못했다. 그 상태로 고개를 든 점원의 눈빛과 총기를 든 채로 서 있는 기의 시선이 마주했다. 기는 그제야 만족스러운 기분이 들었다. 겁에 질린 점원의 눈빛이 마음에 들었기 때문이었다. 방금 전자신을 어깨에 묻은 비듬 정도로도 생각지 않던 경멸과 무관심이 삽시간에 휘발되어버린 지금 기는 그제야 소기의 목적을 달성할 수 있다는 희망을 품을 수 있었다. 그렇게 확신한 기는 호주머니에서 포스트잇 한 장을 꺼내 점원에게 보여주었다. 쪽지엔 방금 전 여자친구에게서 전해 들은 그녀가 갖고 싶다는 명품 백 브랜드와 상품 명칭이 적혀 있었다. 점원은 떨리는 손으로 쪽지를 받아들었다. 그러곤 쪽지와 기를 매우 조심스럽게 번갈아 살폈다. 점점 지독히도 난처한 표정으로 바뀌는데, 그런 점원의 표정 변화를 지켜보던 기가 슬슬 짜증을 내기 시작했다.

"왜? 뭐 문제 있어?"

"그게……."

"별것 없어. 거기 적혀 있는 거 갖고 와."

"하……."

"이런 씨발. 왜 이렇게 뜸을 들여. 냉큼 갖고 와."

"이건…… 저희 브랜드 제품이 아닌데요."

순간 기의 짜증이 거의 폭발 직전에 이르렀다. 그러나 그 짜증은 막중한 성가심을 내포하고 있었다. 브랜드가 잘못되었다니. 명품은 명품이고 백은 백이 아닌가. 대체 뭐가 그리 복잡하단 말인가. 기는 솔직히 명품 브랜드의 종류와 제품의 장단점을 주기율표보다 더 정확히 외우는 부류를 세련되지만 성가신 존재들로 인식해왔다. 그런 처지에 놓인 기에게 브랜드 운운하는 점원의 말이 야속하게만 다가왔다. 기는 치솟는 울화를 가까스로 억누르며 점원의 말에 답했다. 총구에서 화약 냄새가 서서히 잦아들 즈음이었다.

"지금 날 우습게 보고 구라 치는 거 아니야?"

"그럴 리가요. 정말이에요."

"거기 적힌 대로 읽어봐."

"루이뷔통 섹서스 코노로스 넘버 파이브."

"맞잖아. 명품 백, 루이뷔통."

"여기가 명품 백을 파는 명품관은 맞는데요, 루이뷔통 브랜드는 저희 층에 없어요."

"그게 무슨 말이야. 명품 백이면 다 같은 명품 백 아니야?"

그렇게 말한 기가 다시 한 번 층을 크게 둘러봤다. 맨 처음 눈에 띈 가방과 잡화를 파는 매장으로 무작정 찾아온 데가 이곳이었다. 그런데 한 번 더 둘러보니 가방을 파는 매장이 몇 군데 더 눈에 들어왔다. 점원은 대답 대신 진열대 위에 올려놓은 백을 조심스럽게 들이밀었다. 그러곤 손가락으로 은색 금속으로 부착된 엠블럼을 가리켰다.

“이게 뭐?”

“저희 브랜드는 구찌란 브랜드예요. 루이뷔통은 일층에 있어요.”

“여기가 명품 백을 파는 곳이 정말 아니란 말이야?”

“명품 백이 브랜드 이름은 아니에요. 명품 백을 취급하는 매장은 이 건물 일, 이, 삼층에 곳곳에 있어요. 일층도 명품 백, 이층도 명품 백, 삼층도 명품 백이라고요.”

“지금 누구를 가르치고 지랄이야.”

“그게 아니라 사실을 말씀드리는 거예요. 브랜드 넘버까지 적어놓은 걸 보면 그 브랜드 제품을 꼭 가져가셔야 할 거 아니에요.”

“그런 법은 누가 정했는데.”

기의 마지막 말은 점원을 상대로 한 말이 아니었다.

자신에게 뱉은 푸념이기도 했다.

기는 주위를 두리번거렸다. 어느새 기의 이마와 얼굴, 몸 전체에 식은땀이 배어들었다. 주위는 지독할 정도로 환하고 투명했다. 그 엄청난 투명함의 바탕 위에 원색의 명품들이 빼곡히 운집되어 있었다. 벨트, 시계, 가방, 구두, 코트, 스타킹까지. 그 사물들이 차지하고 난 자리의 외곽에서 점원들이 저마다 웅크리고 앉아 바퀴벌레처럼 꿈틀거렸다.

기가 긴 한숨을 쉬고 매장을 벗어나려는 순간이었다. 점원이 말한 대로 이곳의 브랜드는 루이뷔통이 아니었다. '루이뷔통이 아닌 다른 브랜드 백을 가져간다면 여자친구는 대단히 실망스러운 표정을 지을지도 모른다. 방금 전 점원이 나를 쳐다보는 무관심의 시선과 다를 바 없이.'

그렇게 스스로에게 다짐한 기가 매장을 나오려는 순간 동작을 멈추었다. 에스컬레이터 주변, 그리고 이층 전체에 어느새 어떻게 알고 모여들었는지 청원 경찰과 대테러 요원들의 중무장한 모습이 눈에 들어왔기 때문이다.

한순간 기는 두 다리에서 기력이 썰물처럼 빠져나가는 느낌을 강하게 받았다. 세운상가에서 도주할 때와는 분명 다른 기분이었다. 상가의 물비린내 가득한 뒷골목은 왠지 모르게 기의 기운을 북돋워주는 확실한 효과가 있었다. 그러나 이곳은 기에게 한마디로 지옥이었다. 한 치의 틈도 주지 않고 정교하게 짜여 있는 세련의 늪 속에 빠져 연신 질척거리는 듯한 갑갑함이 내내 기의 숨통을 조였기에 녀석은 더 이상 세운상가에서 보여주었던 용맹스러움을 발휘하지 못할 거란 불안감에 사로잡혀야 했다. 그런 불안이 기의 뒷걸음질을 촉진했는데, 문제는 그저 그 상태로 기가 주저앉지 않았다는 데 있었다. 이대로 물러서선 안 된다는 결사 항전의 의지, 다르게 보면 최악의 선택을 감행하고야 만 것인데, 그건 바로 천장을 향해 마구잡이로 총을 난사한 것이었다.

이젠 진짜 끝장이다. 그렇게 생각하자 오히려 기의 마음이 편했다. 녀석은 한마디 말을 마음속으로 덧붙이며 현재의 비현실적인 상황을 위로했다.

'젠장. 언제는 최악 아니었어. 제대로 붙어보는 거야.
설마 죽기야 하겠어.'

농

누구도 농을 함부로 혹은 우습게 생각하진 않았다. 하
지만 그렇다고 대단히 비장하게, 또는 두렵게 여기는 것
도 아니었다.

농이 여의도공원에서 국회의사당까지 가는 경로에서
만나는 다양한 인파를 각오하지 않은 건 아니었다. 하지
만 그녀의 예상은 비교적 일반적이었다. 농은 자폭 테러
범의 모습을 지켜보는 이들의 숨죽인 두려움, 자신으로
부터 최대한 멀어지기 위해 발버둥치는 군중의 모습을
생각했던 것이었다. 그건 지극히 상식적인 발상이기도
했다. 조금만 이 상황을 상상해본다면 방금 전 농이 생
각했던 형태의 그림을 떠올리기에 부족함이 없었다.

백주 대낮에 온몸을 폭탄으로 중무장한 테러범이 돌

아다닌다고 상상했을 때, 그리고 그 상상이 현실이 되어 자신들의 눈앞에 버젓이 나타났을 때 보이는 반응이랄 게 무엇이 있겠는가. 농은 그들이 자신을 무서워할 것으로 확신했다. 아니, 이건 단순한 무서움 그 이상이었다. 공포였다. 자신의 몸에 두른 이 철갑과 철갑 위에 덧씌워진 수많은 전선과 금속은 언제라도 농이 맘만 먹으면 터질 수 있는 폭탄이었다.

일촉즉발의 상황 속에서 농은 자신의 행보가 보다 수월할 것으로 예상했다. 거리의 시민들이 온몸을 폭탄으로 중무장한 자신을 목격하자마자 도망칠 테니 말이다.

물론 농의 예상이 아예 틀린 것은 아니었다. 비로소 농이 뉴스 전체를 장식한 폭탄 테러의 유력 용의자임이 알려진 상태가 됐다. 농을 알아본 시민들은 결코 그녀에게 가까이 다가가지 못했다. 높이 쳐든 오른손에 쥐어져 있는 리모컨 스위치의 파괴력을 짐작한 것이었다. 그것을 누르는 순간 반경 몇 킬로미터 내에 있는 모든 것이 초토화될 것이다. 굳이 농이 소리쳐 알려주지 않아도 거리의 인간들은 직관적으로 충분히 알고 있었다. 농의 몸을 두른 것이 폭탄이란 사실을.

그런데 작금의 현실은 농의 예상과는 틀림없이 다른 구석이 있었다. 거리의 사람들은 농의 힘겨운 걸음걸이를 조심스럽게 지켜보았다. 유치원 아이들에서부터 넥타이 부대 직장인, 한가해 보이는 노인들까지 기타 등등 시민들이 하나둘씩 농의 주위를 에워싸기 시작하다가 급기야 스크럼까지 짜고 주위로 모여든 형국이 농을 여간 성가시게 만드는 게 아니었다. 농은 한 걸음 한 걸음 옮길 때마다 온 신경을 곤두세워야 했다. 자신의 주변에 똥파리처럼 들러붙는 시민들의 시선 때문에 도저히 집중할 수가 없었다. 그렇잖아도 폭탄의 무게를 지탱하는 통에 온몸에 땀이 비 오듯 흐르는 악조건이었다. 탈수 직전까지 이를 정도로 많은 땀을 흘렸는데, 농은 도무지 쉬어갈 수도, 걸음을 빨리할 수도 없었다. 주저앉으면 거리의 시민 중 무모한 대범함으로 무장한 어느 한 명이 자신에게 뛰어들 것만 같은 불길함 탓에 마음 놓고 쉬지도 못했다. 걸음을 빨리할 수 없는 것도 마찬가지였다.

단지 폭탄과 철갑의 무게 때문만은 아니었다. 초인적인 힘을 발휘해 국회의사당까지 뛰어가려 해도 어느새 스크럼을 짠 시민들의 호기심 어린 운집을 훼손하게 될 것 같다는 근거 없는 불안감이 농의 진행 속도를 여간 더디게 만드는 게 아니었다.

어느새 시간은 오후 네 시를 넘어서고 있었다. 필사즉생의 각오로 작성한 시나리오대로라면 세 시 십 분에 출발해 넉넉히 삼십 분 내로 국회의사당에 도착해야만 했다. 그 계산은 결코 오차를 허용해선 안 되는 특성을 가졌다. 이유인즉 정확히 네 시가 넘으면 국무회의가 마무리될 거란 정보를 농이 이미 전해 들었던 것이다. 국회의원들이 어떤 인간들인가. 한 올의 에누리나 양보도 기대할 수 없는 법집행의 서슬 아래서도 제 홀로 법에서 벗어나 춤을 추는 존재들이다. 그런 인간들이 우국충정의 마음으로 국무회의를 한 시간 이상 지속할 그 어떤 명분도 갖고 있지 않을 것이 명약관화. 금방이라도 무너질 것 같이 비틀거리는 농은 시간이 오후 네 시가 지났음을 확인한 순간 현재 자신의 진행 상태를 파악했다.

렉싱턴 호텔을 갓 벗어난 위치. 국회의사당까지 가려면 보통 남자 걸음으로 십 분은 더 걸어야 했다.

그녀는 망설일 겨를이 없다고 스스로를 담금질했다. 지금도 늦었다는 생각이 농을 자극하는 순간 해야 할 일은 더욱 명확해졌다.

국회의사당을 폭파하는 것. 모여든 국회의원들과 함께 순교의 길을 걷는 것. 순교라는 말을 떠올리자 어린 농의 심장이 다시금 두근거리기 시작했다. 그렇지 나는 순교의 과업을 성취하기 위해 움직이는 거다. 농은 젖 먹던 힘을 다해 국회의사당 안으로 진입하기 위한 힘겨운 발걸음을 옮겼다.

그런데 이 비장한 각오와 전의를 불태우는 상황을 극심한 지경으로까지 몰고 가는 원흉은 바로 거리의 사람들이었다. 그들은 지극히 모호한 태도로 일관했다. 농을 붙잡고 도심지의 테러를 시민의 힘으로 진압하려는 발군의 소영웅주의자는 나타나지 않았다. 그렇다고 폭탄으로 중무장한 농을 보며 지레 겁을 먹고 아예 잠적하는 태도도 아니었다. 제법 친밀하면서도 일정한 거리를 유

지하고 선 시민들의 시선은 그들 연령층의 다양함만큼
이나 낯설었다. 신기한 괴물 쳐다보듯 하는 유치원생들
에서부터 심지어 동정의 눈빛으로 바라보는 시선까지
그야말로 천차만별이었다.

　언제까지, 어디까지 따라올 것인가. 갑자기 농은 답답
한 생각이 들었다. 이 상황에서 자신이 할 수 있는 최대
한의 자유로움을 확보하고 싶었다. 거리의 시민들로부
터 자유로워지고 싶었다. 반대로 자신에게 지나친 집착
을 보이는 이들과 여전히 함께 있고 싶기도 했다. 농은
모순적 자아를 그대로 들켜버렸다. 이제 남은 건 탈진을
코앞에 둔 지친 육체뿐이었다.

　특단의 대책이 요구되는 시점에서 농은 주저하지 않
고 헬멧을 벗어던졌다. 머리를 짓누르던 그것을 벗겨내
자마자 농은 긴 한숨을 지었다. 그와 때를 맞춰 시민들
의 탄성이 이어졌다. 무슨 의미인지 알 길은 묘연했다.
여하튼 헬멧을 벗기 위해 농은 하던 행동, 즉 국회의사
당으로의 전진을 잠시 중단했고, 벗겨낸 헬멧을 들입다
바닥에다 내동댕이쳤다.

한 번 긴 한숨을 내쉰 농이 다시금 걸음을 옮기려던 찰나였다. 농은 무심코 자신의 동작을 따라 하는 한 유치원생의 모습을 목격하고 말았다. 유치원생 여자아이는 농과 거의 동일한 자세를 연출하고 있었다. 오른손을 하늘 높이 쳐들고 걸음을 옮기는 모습. 그건 초등학교 횡단보도 근처에서 꽤나 익숙하게 보아온 자세였다. 길을 건널 때, 자신의 존재감을 알리는 행동. 손을 들어 보이는 것. 그것은 일종의 계산된 합의였고, 암묵적인 굴종이었다.

농은 그 아이에게 자신이 손을 들고 있는 이유를 알려 주고 싶었다. 그리고 소리치고 싶었다. 자신은 지금 아무것도 모르는, 뭣도 모르는 이 아이들이 내키는 대로 따라 할 만한 종류의 인간이 아니라고 주장하고 싶어 견딜 수가 없었다. 이유는 잘 모르겠다. 그걸 아이에게 설명해 주면 어떤 소득이 생길런지, 농은 자신조차 납득시킬 수 없는 명분을 궁리했지만 답은 쉽게 나오지 않았다. 그래도 농은 포기할 수 없었다. 어떻게 해서든 자신을 흉내 내는 아이의 손을 내리게 하고 싶었다. 농은 소리를 지르지 않고 노려보는 것만으로 아이를 굴복시키고 싶어 그 자리에 멈춰 선 채로 아이를 노려봤다. 겁에 질린 듯한 아이를 향해 녀석들을 인솔하는 유치원 선생이 다가갔다. 급기야 겁에 질린 아이가 울음을 터뜨렸다. 하지만 끝내 아이는 손을 내리지 않았다. 농은 순간 다시금 시각을 확인했다. 네 시 십 분. 농은 망설여지기 시작했다. 자폭 테러의 최대 미덕인 동반 폭발의 효율성이 급격히 하락하고 있음을 뼈아픈 전례로 체득하고 있었다. 그리고 그 경험은 이내 행동의 망설임으로 이어졌다.

헬멧을 벗은 농이 그제야 자신을 중심으로 모여든 이들과 눈을 마주했다. 제각기 다른 표정과 눈빛을 지닌 시민들 너머로 이미 알고 포진한 대테러 요원들의 모습도 눈에 들어왔다. 그럴수록 농은 더욱 힘껏 오른손을 쳐들며 손아귀에 쥔 스위치에 대한 명상에 몰두하기 시작했다. 그건 틀림없는 명상이었다. 상황의 심각성이나 비현실적인 측면 따위는 전혀 고려하지 않는 범위에서만큼은 명상할 수 있었다. 그러므로 무력하기 이를 데

없는 명상이 될 것이다. 이후에 대한 그 어떤 실마리도
찾을 수 없는 대안부재의 명상.

　도

　자신의 앞을 가로막고 앉아 있는 하나의 물체가 드러
났다. 정체는 사람이었다. 무질서하게 기른 턱수염과 콧
수염의 형체가 존재의 연령대를 가늠하기 힘들게 만들
었다. 관대하게 지켜보면 이십 대 후반으로도 보였지만,
대충 첫인상으로만 판단하자면 넉넉히 사십 대 후반은
넘어 보였다.

　첫인상이 도에게 가져다주는 정서는 허탈함이었다.
뭐 이런 놈이 다 있어, 하는 실소가 절로 터져 나올 정
도였다. 어쩌면 보편적인 첫인상일 수도 있었다. 수염을
잔뜩 기른 찜질방 노숙자 정도로 놈을 대한다면 아무 반
응도 보이지 않을 수 있었다. 그러거나 말거나 상관 않
을 거라는 식이었다. 하지만 지금 도가 만나고자 했던

이는 거리의 노숙자가 아니었다. 적어도 농의 신념에 관한 생사 여탈권을 쥐고 있는 존재의 꼴이 이 정도 수준은 아니어야 하지 않은가 하는 것이 도의 생각이었다.

농은 이 사이비 종교에 인생의 모든 것을 내던진 조숙한 아이였다. 십 대 후반에게 무슨 인생론이냐며 다그친다면 딱히 할 말 없지만 현실 상황 그대로만 보자면 그렇지 않은가. 그런데 이 사이비 종교의 교주가 보여준 꼬락서니는 정말이지 기대 이하였다. 인류 어쩌고저쩌고하면서 초딩들이나 청소년, 인터넷 폐인들이나 선동하는 존재라 해도 이 정도로 비루하진 않아야 한다고 도는 믿었다. 지금 그 믿음이 깨진 것이었다. 맥반석 계란을 찜질방 대리석 바닥에 내리쳐 껍질을 까는 데 온 영혼의 열정을 쏟아 붓는 놈을 보고 있자니 도는 절로 한숨이 새어나왔다.

그림자로 자신을 가리는 도를 놈은 제법 매서운 눈초리로 올려다보았다. 오래되어 앞섶이 해져버린 찜질복 상의를 습관처럼 만지던 놈이 말문을 열었다. 퉁명스러웠고, 오랜 시간의 권태가 가득 스며들어 있는 음성이었다.

"뭐야. 왜 가로막고 지랄이야."

"어디 가나 반말이야. 죄다 쓰레기통으로 보내버릴 것
들이."

"뭐라고 했냐."

"당신이 구루야?"

구루. 이 단어가 도의 입 밖으로 노출되자 순간 놈의
상체가 경련하듯 움찔거렸다. 놈이 주위를 크게 한 번
두리번거렸다. 뭘 찾는 걸까, 하고 생각하는 시점과 때
를 맞춰 놈이 다시 말문을 열었다. 이로써 놈은 농이 신
앙하는 구루임이 확실해졌다.

"너 뭐야."

"잔 다르크를 찾는 거야?"

"그러니까 넌 뭐냐고."

"나?"

잠시 생각하던 도가 내친김에 밝혀버렸다. 자신과 농
의 관계에 대해서.

"잔 다르크 남친이다."

"머리에 피도 안 마른 것들이 반말이나 찍찍 내뱉고. 보아하니 너도 잔 다르크와 또래 같은데 어른을 봤으면 인사부터 하고 그래라, 인마."

구루의 얼굴에서 실망의 기색이 역력했다. 참으로 꼴 사나운 심경의 변화라고 도는 생각했다. 구루의 실망은 단지 하룻밤 재밌게 보낼 수 있는 기회를 상실한 것에 대한 아쉬움뿐이었다. 잔 다르크인 농에 대한 염려도, 인류 구원이라는 망상도 오간 데 없었다. 도는 그런 구루의 표정이 품고 있는 단순함이 짜증스러웠다. 비록 망상이긴 해도 자신이 인류를 구원하는 구세주라는 신념을 가진 이라면 적어도 이렇게 추잡하진 않아야 할 게 아닌가. 도의 짜증은 자연 농의 어리석음에 대한 독백성 질책으로 이어졌다. '저런 쓰레기 같은 인간의 가르침이 뭐가 대단하다고.'

"묻고 싶은 게 있어."

"계속 반말이네. 좋아, 이번 한 번만 봐주지. 우리 카페 열성 회원인 잔 다르크 남친이라 봐주는 줄 알아."

"웃기고 있네."

"말해봐. 묻고 싶은 게 뭐야?"

껍질을 벗긴 구릿빛 맥반석 계란을 우적거리며 씹는 구루가 거듭 물었다. 도는 구루와 눈높이를 맞추기 위해 몸을 숙였다. 상체를 잔뜩 웅크린 채로 구루와 시선을 정면에서 마주치며 또박또박 힘주어 발음했다.

"당신이 혹시 정크의 마스터야?"

"맞아."

"아니. 내 말은 인터넷 카페 말고."

"그것 말고?"

"홍대역 4번 출구 알지? 그 출구에서 나와서 홍대 방향으로 들어가는 펑크 바 골목 지하에 있는 클럽 정크 말이야."

"글쎄."

순간 구루의 코털이 익살스럽게 꿈틀거렸다. 클럽 정크 이야기를 듣는 순간 구루가 섬뜩한 웃음을 지어 보인 것이다. 그와 함께 이어진 답변, '글쎄……'

이건 또 무슨 소리야 하는 표정을 짓는 도에게 구루가 답해주었다. 물론 도가 알고자 하는 핵심적인 의미가 숨

겨진 답변과는 다른 차원이었다.

"내가 클럽 정크의 주인이든, 인류 구원의 사명을 감당한다고 떠벌리는 인터넷 카페 정크의 주인이든 뭐가 그리 중요할까."

아마도 이런 식의 되물음을 혹자들은 선문답이라 부를지도 모른다. 그렇지만 도는 그런 구루의 요설이 전혀 멋있어 보이지 않았다. 단지 짜증스러울 뿐이었다. 도가 알고 싶은 것. 그것을 결코 말해주지 않는 데서 비롯되는 성가심이 도를 미치게 만들었다. 구루가 말을 이었다.

"잔 다르크는 어떻게 잘 지내고 있나?"

"당신은 뉴스도 안 봐?"

"뉴스나 신문 같은 건 죄다 거짓말투성이야. 새빨간 거짓말. 어느 것 하나 확실한 팩트가 없어. 팩트 흉내만 내는 모사일 뿐이지. 진짜 현실은 현실 안에 있어. 눈과 귀로 보고 들을 수 있는 것."

"당신이 얼마나 많은 걸 보고 들었는지 모르지만 한번 나가서 보고 들어봐. 뭐가 진행되고 있는지 말이야."

"어린 놈이 꽤나 시니컬하네. 대체 날 보고 뭘 보라는 거야."

"내가 떠나면 말이야. 계란 처먹는 일부터 집어치우고 일단 오후 뉴스부터 시청하도록 해. 그럼 계란 따위가 목구멍으로 제대로 넘어가는 걸 더 이상 기대할 수 없을 테니깐."

"이 새끼가. 지금 어디서 훈장질이야, 훈장질이."

그렇게 말하면서도 구루는 뭔가 켕기는 구석이 있는지 자리에서 일어나 어기적거리는 걸음걸이로 텔레비전이 있는 곳을 향해 걸어갔다. 공용 텔레비전에선 종영된 드라마가 한창 방영 중이었다. 단 한 명도 유심히 보지 않는 걸 확인한 구루가 마음대로 채널을 변경했다. 뉴스 전문 채널로 전환되었지만 누구 하나 반대하지 않았다.

도는 뉴스 속보를 두 눈 부릅뜨고 시청하는 구루를 뒤로한 채 남자 탈의실로 되돌아가고자 했다. 속보에선 앵무새처럼 반복되던 폭탄 테러 미수사건에 대한 건조한 콘텐츠에 한 가지 추가 사항이 보도될 것이 틀림없었

다. 그 추가 사항의 결정적 제보자는 바로 도, 그 자신이
었다.

도의 제보는 단순했다. 농의 폭탄 제조에 결정적 도움
을 준 인물이 바로 농이 신봉하는 인터넷 비밀 카페 정
크라는 사실이었다. 단 한 줄의 제보로도 파급효과는 가
히 상상을 초월할 지경이었다. 구루는 똑똑히 확인했다.
모자이크 처리도, 인권에 대한 최소한의 배려도 없는 폭
탄 테러의 배후로 지목된 또렷한 한 장의 증명사진. 사
진의 주인공은 바로 구루였다. 비교적 말쑥한, 언제 촬
영했는지 출처가 불분명한 구루의 수염을 기르지 않은
제법 풋풋한 얼굴이 텔레비전 뉴스 속보를 통해 전국에
보급되고 있었다.

제 머리카락을 쥐어뜯으며 난처해할 구루의 모습을
상상하며 탈의실로 들어간 도는 옷을 갈아입기 시작했
다. 단지 도는 마음속으로 기도할 뿐이었다. 농과 기에
게 행운이 있기를. 그리고 자신에게도.

기

　기의 상황은 그야말로 최악으로 치달았다. 물론 이러한 사태의 배경엔 기의 조급함과 무모한 열정이 한 몫을 담당했다.

　기는 별수 없이 매장의 점원을 인질로 잡았다. 자신을 향해 가장 뜨악한 표정을 지어 보인 여점원의 몸을 감싸고, 있는 힘껏 팔을 뻗어 그녀의 관자놀이에 총구를 갖다 대었다. 그 상태로 기는 두어 걸음 물러서서 카운터 쪽으로 자리를 옮겼다. 그러자 기다렸다는 듯 제법 많은 숫자의 무리가 기민하게 움직였다. 그들 모두 중무장을 하고 있었다.

　그저 제법 많은 숫자가 아니었다. 가까스로 정신을 차린 기가 자신을 붙잡기 위해 중무장하고 포진한 대테러 특공대원의 숫자를 가늠해보니, 시쳇말로 장난이 아니었다. 이층 매장 전체를 에워쌌으며, 심지어 천장의 환기구 틈새를 뚫고 잠입하여 총구를 겨눈 특공대원도 기의 눈에 들어왔다.

기는 이제 명확해진 후속 조치에 굴복해야 한다는 내면의 소리를 들을 때가 왔음을 직감했다. 하지만 그 직감은 도리어 기의 맹렬한 오기를 자극했다. 그야말로 이해할 수 없는 오기였다. 이대로 물러설 순 없다는 것. 잡힐 때 잡히더라도 소기의 목적을 달성해야겠다는 미치도록 강렬한 오기가 기의 집념을 더욱 고취시켰다.

바로 그때, 기다렸다는 듯 전화벨이 울렸다. 끔찍한 정적 속에서 울려 퍼지는 아이돌 그룹의 최신 벨소리, 바로 그저께 다운받은 벨소리였다.

호주머니에 손을 찔러 넣고 휴대전화를 꺼내는 동안 기의 다른 손은 급격하고 불규칙하게 떨리기 시작했다. 주체할 수 없는 진동이 자신의 몸을 지배했다. 주위를 둘러보니 그 떨림은 더욱 증폭되었다. 특공대원들의 총구는 그저 그 자리에 머물고만 있는 것이 아니었다. 흡사 '무궁화 꽃이 피었습니다' 놀이를 즐기듯 기의 시선이 몽롱해지는 틈을 직관적으로 파고든 것이었다. 기가 서 있는 곳을 향해서 말이다. 기를 더욱 미치게 만드는 건 붉은 점들의 난립이었다. 특공대원들의 총구에서 뿜어져 나오는 레이저의 붉은 불빛이 점이 되어 움직였다. 붉은 점들의 표적은 기의 몸이었다. 처음엔 기의 가슴이나 허벅지, 여점원의 머리를 겨눈 총구, 방아쇠에 올려놓은 손가락 따위에 붉은 점이 맴돌았다. 하지만 약간의 시간이 지나자 붉은 점은 대담하게도 기의 머리통과 이마를 겨냥하기 시작했다. 붉은 점이 자신의 시야를 훑고 지나가자 미쳐버릴 것 같은 두려움이 기의 심장을 관통하고 지나갔다. '대체 이것들이 날 어쩔 셈이야.'

기는 부들부들 떨리는 손으로 휴대전화를 집었고, 전화를 받았다. 언뜻 드러난 발신자를 보니 도저히 전화를 거부할 상대가 아니기 때문이었다. 이제껏 단 한 번도 상대가 발신자였던 적은 없었다. 오직 자신만이 발신자였고 그녀는 수신자였는데, 공교롭게도 이 상황에서 육돌순이 기에게 전화를 한 것이었다. 그러니 어찌 전화를 받지 않을 수 있겠는가.

과연 무슨 말을 할까. 폭발 직전의 긴박함을 닮은 상황의 두려움과는 별도의 긴장감을 갖고 기가 말문을 여는 순간이었다.

"너…… 웬일이야?"

육돌순이 할 말을 망설이고 있었다. 무슨 고백을 하려는 건가. 궁금증이 순간 증폭되었다. 거듭 묻고 싶었는데, 그 순간 빌어먹을, 여점원이 기가 겨눈 총구가 떨어진 틈을 타 그대로 비명을 지르며 고개를 숙여버리고 말았다. 우스울 정도로 가볍게 여점원이 자신의 몸으로부터 벗어나자 기는 반사적으로 손을 뻗어 여점원의 머리채를 붙잡으려고 했다. 가까스로 머리채를 붙잡는 순간, 여점원이 세상에 다시 없을 정도로 강렬한 비명을 질러댔다. 덕분에 휴대전화 너머에서 들려오는 여자친구의 말소리가 묻혀버렸다. 분명 무언가 말을 한 것 같은데, 점원의 비명 때문에 도무지 말의 의미를 식별하지 못했다.

"다시 말해줄래. 못 들었어."

육돌순으로 하여금 다시 말하게 하다니. 이런 어리석은 일이 어디 있나 하는 자책이 밀려오는 순간 기의 머릿속이 갑자기 아득해졌다. 꽥꽥되는 점원의 비명은 계속되었고, 그 와중에 특공대원 중 누군가 격발한 총알이 기의 이마, 그 중심에 명중해버리는 사태가 일어나고 말았다.

특별히 이 대목에서 특공대원의 실수를 지적할 것만은 아니라는 생각은 정지 상태에 머물러버린 기의 포즈 때문이었다. 더 정확히 말해 기가 손에 쥐고 있는 총구의 방향이 문제였다. 총구는 기의 의도와는 다르게 다시금 무릎을 꿇고 비명을 지르는 점원의 머리를 정면으로 향하고 있었다. 기는 정말이지 억울한 생각이 들었다. 이마에 총알이 박혔음에도 한순간에 모든 의식을 잃는 건 아니었기에 기의 눈에선 어느새 서러움의 눈물방울까지 맺혀들었다. 내가 설마 사람을 죽이겠느냐. 사실 나는 제대로 방아쇠도 당길 줄 모른다. 그런 종류의 변명을 기는 입 밖으로 내지르고 싶었다.

하지만 말문이 제대로 열리지 않았다. 그사이 총이 기의 손에서 빠져나갔다. 총이 바닥에 떨어지는 순간과 때를 같이해 각 매장의 진열대나 기둥 사이사이에 매복해 있던 특공대원들이 슬금슬금 모습을 드러내기 시작했다.

총은 떨어뜨렸지만 휴대전화까지 떨어뜨릴 수는 없다는 필사의 의지로 기는 카운터 바에 등을 기댄 채로 손에 들려 있는 휴대전화 액정을 내려다보았다. 여전히 통화 중이었고, 여자친구의 차분하고 조곤조곤한 말소리가 계속해서 이어졌다. 자신에게 이렇게 오랫동안 말을 건넨 적이 있었던가. 그런 생각이 들자 기의 서러움은 더욱 급격하게 복받쳐 올랐다. 기는 자신을 향해 다가오는 특공대원들에게 말해주고 싶었다. 단지 백을 사주기 위해서였다고. 그러나 괴이하리만치 입이 열리지 않았다. 그저 막막할 뿐이었다.

놓

거의 정문까지 다가갔다. 국회의사당 정문 앞까지. 정확히 말하면 정문 근처에만 다가갔을 뿐이었다. 정문을 뚫고 그 안으로 들어가 최소한 입구 근처에라도 접근해야 이 숭고한 임무의 대미를 장식할 수 있다는 것이 놓이 열망한 목표의 마지노선이었다. 그러나 지금 이 순간 농은 주저앉고만 싶었다.

절망적인 상황은 자신을 둘러싼 경찰과 치안 병력의 스크럼, 그 뒤를 잇는 수많은 시민들의 호기심 어린 눈빛 때문이 아니었다. 벌써 시간이 네 시 사십 분을 훌쩍 넘어서고 있다는 것 때문이었다.

헬멧마저 벗어던진 농의 시선에 비친 정문의 풍경은 그녀에게 참혹한 절망으로 다가왔다. 뭐가 그리 거창하냐고 말할 수도 있겠지만 농에게 오늘의 임무는 그녀를 존재하게 해준 단 하나의 횃불이었다.

자신이 갖고 있는 결코 평범하지 않은, 그래서 아무도 알아주지 않았던 무기 제조란 어마어마한 소질의 위대함을 일깨워준 구루의 가르침을 충성스럽게 구현해 볼 수 있는 전무후무한 기회였다. 그 기회를 지금 완전히 날려버리게 된 것이었다.

도대체 무슨 회의를 그렇게 간략하게 끝내는지. 국회의원들은 의사당에 도착한 지 삼십 분도 채 되지 않아 업무를 끝내고 퇴장하는 모습을 보였다. 의사당 밖을 빠져나가는 의원들의 검은 세단 행렬 앞에 농은 모든 기운을 잃어버렸다. 동시에 이 긴박한 상황에서 어떻게 다음 기회를 모색해야 하는지 궁리해야 할 찰나에 주책없게도 농은 또다시 사타구니가 가려워지기 시작했다.

철갑을 두르고, 폭탄으로 제 몸을 감쌌다는 상황이 주는 긴장감 탓에 농은 잠시나마 잊고 있었다. 자신의 사타구니가 이토록 엄청나게 가렵다는 사실을.

농이 체감하는 가려움은 상상을 초월했다. 극심한 통증에 가까웠다.

농은 어떻게 해서든 이 가려움부터 해소한 다음 차후를 모색해야 한다는 것밖엔 다른 판단력이 생기지 않았다. 그건 생각이 아니었다. 몸의 반응이었다.

농은 계속해서 리모컨을 쥔 오른손을 하늘 높이 쳐들고 왼손을 사용해 사타구니 사이를 긁어보려 했다. 하지만 철갑을 두른 상태에서 표면을 긁어대는 시늉만으론 결코 이 끔찍한 가려움을 해소할 수 없었다.

어떻게 해야 하나. 농은 안타깝게 주위를 둘러봤다. 유치원 아이들, 늙은 노인들, 젊은 넥타이 부대, 이십 대

중후반 샐러리우먼들의 시선이 하나같이 농에게 집중되어 있었다.

부끄럽게도 멈춰 서버린 농은 이 숙명적인 가려움을 해결하기 위해 철갑을 해체하지 않을 수 없었다. 그녀가 어느새 눈물을 흘리기 시작했다. 울먹거렸다. 한 번 울컥하며 눈물이 쏟아지자 농은 그만 그 자리에 주저앉고 말았다. 리모컨이 바닥에 떨어졌고, 그러자 사람들이 '우우' 하는 탄성을 질렀다. 한두 걸음 뒤로 물러나는 이, 아예 도망가는 이, 다리 힘이 풀려 그 자리에 주저앉는 이들도 있었다.

그러나 아무 일도 일어나지 않았다. 경찰 병력이 농을 향해 한 걸음 다가가려고 할 때였다. 누군가의 지시로 그들의 진행이 멈춰버렸다. 울먹이던 농은 철갑을 벗겨내고 자신의 하체를 덮고 있던 전선들의 접속까지 잭에서 분리해낸 상태였다. 내친김에 그녀는 트레이닝복을 내리고 팬티까지 벗어 던졌다. 사타구니를 긁어대기 위해서였다. 울음을 멈추지 않고 과격할 정도로 난폭하게 사타구니를 긁는 농의 표정은 진지하다 못해 숙연하기까지 했다. 그런 그녀의 발작 탓일까. 아니면 허망하게 드러나버린 십 대 여자아이의 음모를 지켜보는 일단의 호기심 탓일까. 경찰들, 특공대원들은 이 상황에 대한 수습을 적잖이 망설이고 있었다.

도

도는 자장라면을 사먹기 위해 쇼핑몰을 찾았다.

이 명제를 비현실적으로 받아들여선 곤란하다. 아무리 대단한 일을 겪어도 인간이라면 분명 자장라면을 끓여먹고 싶은 욕망을 잊지 못할 수 있으니까. 갑자기 여자친구에게 이별 통보를 받아도 자장라면이 먹고 싶을 때가 있고, 부모님이 비명횡사를 해도 자장라면을 먹고 싶을 때가 있다. 단지 타이밍의 차이만 존재할 뿐, 누구나 다 자장라면을 먹고 싶은 때는 있다는 게 도의 지론이었다.

집으로 돌아온 도는 몹시 배가 고팠다. 하지만 전기밥

솥엔 밥알 하나 남아 있지 않았고, 냉장고엔 오래된 김치만이 밀폐용기 속에 숨겨져 있을 뿐이었다.

자연히 도는 배고픔을 해소하기 위해 중국집 스티커를 찾아 무던히도 집 안을 돌아다녔다. 하지만 스티커는 어디에도 보이지 않았다. 그때부터 슬슬 도의 부아가 치밀어 오르기 시작했다.

도의 마음 한구석은 분명 홀가분해지길 갈망하고 있었다. 자신의 출입을 막은 클럽 정크의 마스터를 찾아 바지에 오줌을 지릴 정도로 겁을 주면 후련할 것으로 기대했다. 하지만 그 어느 것도 명확한 것은 없었다. 후련하지도 않았다. 클럽 정크를 쑥대밭으로 만들 때도 그다지 통쾌하지 않았다. 농의 신념을 우스꽝스러운 것으로 짓밟아버린 사이비 종교의 구루를 만난 것도 그다지 통쾌하지 않았다. 그렇다고 아예 우울한 것도 아니었다. 오늘 하루 그야말로 제대로 놀아봤지 않은가. 그러면 된 것 아닌가.

한 시간 정도 엠티브이 방송 볼륨을 최대한 높이고 시청하다가 문득 너무나 배가 고파 견딜 수 없다는 결론에 도달했다. 도는 지갑에 남아 있는 돈을 확인했다. 이천 원이 전부였다. 총을 갖고 있지만 기껏 음식 한 끼를 해결하기 위해 도시의 게릴라가 될 정도로 도는 전투적이지 않았다. 무엇보다 그 모든 과정이 성가셨다.

그 와중에 생각난 것이 바로 자장라면이었다. 아쉬운 대로 이천 원만 있으면 개당 팔백 원 정도 하는 그것을 배불리 먹을 수 있었다. 그런 기대로 도는 거리로 나섰다. 혹시나 하는 마음으로 총기류를 담아놓은 샌드백 가방을 어깨에 멨다.

도는 집에서 도보로 이십 분 거리에 있는 쇼핑몰까지 나오고 싶은 마음이 추호도 없었다. 세상에 누가 자장라면 두 개를 사기 위해 무려 이십 분 동안이나 걷고 또 걸으며 쇼핑몰을 찾는단 말인가.

그러나 도는 자장라면 두 개를 사기 위해 쇼핑몰까지 걸어와야 했다. 몇 년 전만 해도 동네 근처에서 성업 중이던 소형 마트와 구멍가게들은 죄다 문을 닫아버려 찾을 수가 없었다. 편의점을 찾아 들어갔지만 자장라면 가격이 개당 천 원을 초과했다. 한 개만 먹고 말자는 생각도 있었지만, 그럴수록 도는 오기가 치솟았다.

그렇게 헤매고 헤매 찾아온 곳이 바로 대형 쇼핑몰이었다. 원하는 물품을 고르는 건 결코 어렵지 않았다. 친절한 점원들이 어깨에 총기를 둘러멘 도에게 자장라면 파는 곳을 가르쳐주었고, 그곳에서 도는 할인가로 육백오십 원에 판매하는, 쇼핑몰 자체 상품으로 개발된 유사 자장라면을 세 개나 손에 쥐었다. 그러곤 계산대를 향해 걸어갔다.

거기까진 괜찮았다. 도는 그다지 평범하진 않지만 자장라면을 사기 위해 쇼핑몰에 들른 착실한 소비자 신분에 만족하고 싶었다. 그런데 계산대 앞에 늘어선 긴 행렬을 바라보는 순간 도의 부아가 끝내 한계치를 넘어서고 말았다. 소량 계산대란 것이 존재한다는 걸 알 리 없던 도는 수십 개의 물품이 쌓여 있는 카트의 대열에 오직 자장라면 세 개만 손에 들고 합류했고, 아무도 도에게 소량 계산대로 가라는 가르침을 주지 않았다.

폐장 시간을 바로 앞둔 터라 카트를 끌고 나온 소비자들의 행렬은 끝이 없었다. 계산원이 분주하게 제품의 바

코드를 찍어대도 줄은 좀처럼 줄어들지 않았다.

그렇게 자그마치 십 분의 시간이 흐르던 순간이었다. 마침내 도의 차례가 왔고 녀석은 입을 삐죽 내밀며 자장라면 세 개를 집어던지듯 계산대 위에 올려놓았다. 그러자 계산원이 사람 좋은 웃음을 지어 보이며 물었다.

"계산하실 게 이것뿐인가요?"

"그런데요."

"그럼 소량 계산대로 가셔서 계산하세요."

"그냥 여기서 계산해주세요."

"여긴 물품을 다섯 개 이상 구매를 하신 분들만 계산하는 곳입니다. 저 끝에 있는 계산대로 가셔서 계산해주세요."

"그냥 계산해주세요."

"소량 계산대로 가서 해주세요. 뒷손님 기다리시니까 빨리 진행해주세요."

계산원은 여전히 사람 좋은 미소를 잃지 않으며 같은 말을 반복했다. 소량 계산대로 가서 계산하라는 것이었다. 도는 이미 십 분이 넘게 기다렸으니 제발 계산해달라는 말을 세 번이나 반복했지만 돌아오는 답은 동일했다. 규정상 그럴 수 없다는 것이었다.

그렇게 도는 밀려났다. 도의 뒤에 서 있던 삼십 대 초반의 아이엄마가 신경질적으로 카트를 밀어대는 통에 도는 반 강제로 행렬에서 이탈되고 말았다.

도는 허탈한 기분이 들었다. 소량 계산대 쪽을 쳐다보았다. 열 명 가까이 되는 사람들이 줄을 서서 기다리고 있었다.

도는 더 이상 자신이 참아야 하는 이유를 알지 못했다. 참아야 한다는 건 분노를 유발한 대상, 다시 말해 정확한 적을 알고 있어야 설득력이 갖는다. 아주 잠시 동안이지만 도는 생각했다. 자신에게 적이란 무엇인지, 있긴 있었는지. 답은 나오지 않았고 결론은 언제나 불확실했다. 남은 건 무엇인가. 참는 것도, 참지 못하는 것도 아니라면 행동하는 것 외에 더 있겠는가. 도는 지금 자신의 얼굴을 뜨겁게 만든 분노에 충실히 반응하는 것만이 전부라고 확신했다. 처음부터 그랬는지도 모른다. 총을 손에 쥔 그 처음부터.

그러자 지극히 자연스러운 손놀림이 이어졌다. 자장라면과 함께 샌드백 가방을 바닥에 내려놓은 도는 가방에서 수제 권총과 함께 연발 산탄총도 함께 꺼냈다. 권총의 총신에 총탄을 장전했고, 산탄총 역시 마찬가지였다. 그렇지만 누구도 도에게 말을 건네거나 경고하는 모습을 보이지 않았다. 신용카드만 있다면 완구 코너에서 도가 손에 쥔 권총이나 산탄총 비슷한 것을 마음껏 구매할 수 있었다.

총알을 장전한 도가 먼저 권총부터 격발하기 시작했다. 처음엔 천장에, 그 후엔 계산대를 향해 격발했다. 천장에 격발할 때 이미 사태의 심각성이 본격화되었다. 예비군 훈련장이나 군사 훈련소에서 들어봄직한 엄청난 총성이 터져 나오는 순간 쇼핑몰은 순식간에 아수라장이 되었다.

도는 무표정했다. 거실 바닥에 펼쳐놓은 프라모델 조립 부품을 끼워 맞추듯 제법 진지하지만 감정의 변화라곤 일말도 담기지 않은 표정으로 작업을 시행했다. 권총의 격발을 모두 끝내자 산탄총 방아쇠를 당겼다. 산탄총의 효과는 더욱 위력적이었다. 계산대가 부서지고 진열대의 물품들이 속절없이 무너져 내렸다. 천장의 전등이 떨어졌고, 층의 일부는 정전이 되어버렸다.

족히 수십 발을 난사한 도는 산탄총의 마지막 한 발을 남긴 채 격발을 멈추었다. 매캐한 연기로 가득한 쇼핑몰 내부는 순식간에 정적이 감돌았다. 아이의 울음소리만이 간헐적으로 들려올 뿐이었다.

이마에 송골송골 맺힌 땀을 닦은 도는 바닥에 떨어진 자장라면을 집어 들고서 방금 전 자신을 거부한 계산대로 걸어가 계산대 위에 자장라면을 내려놓았다. 사람 좋은 웃음을 보이던 계산원은 아직 살아 있었다. 몸을 있는 대로 웅크리고 이 미치광이의 광란이 멈추기만을 기다리던 계산원에게 도가 다시금 말했다. 천 원짜리 지폐 두 장을 계산대 앞에 내려놓으며.

“제발 계산 좀 해주세요.”

가치의 혼란, 가치의 혼란의 혼란

이수형 (문학평론가)

1.

2009년 〈열외인종 잔혹사〉로 제14회 한겨레문학상을 수상한 이후 몇 년 사이에 여러 편의 장편소설을 잇달아 발표하고 있는 주원규의 새 소설 『광신자들』은 학교에서 왕따를 당해 어느새 무기 제작에 골몰하는 오타쿠가 된 농(儱), 아무 생각 없이 단순 무식한 변두리 양아치 기(蟻), 그리고 기보다는 좀 더 영악해 보이지만 따지고 보면 거기서 거기인 도(擣), 이 세 명의 십 대 청소년들을 주인공으로 등장시키고 있다. 하루 동안 벌어지는 일을 다룬 『광신자들』의 핵심적인 사건은 고속터미널 폭파 사고이다. 서술자는 이렇게 말한다. "폭파 사고라니. 여기가 종족 분쟁으로 내전 중인 아프리카의 소국(小國)도 아니고 폭파 사고라니." 내전 중인 나라가 아니더라도 폭파 사고는 언제 어디든지 발생할 수 있을 것이다. 다만 내전 중이라면 그 폭파 사고의 원인을 내전이라는 상황에서 찾기 십상이고, 그 결과 폭파 사고의 정체를 수월하게 파악할 수 있기는 하다. 이런 경우가 아니라면 폭파 사고의 원인과 목적이 무엇인지를 밝히는 과정이 필연적으로 요청된다. 그래서 뉴스 속보는 "고속터미널 폭파 사고. 인명피해 눈덩이처럼 늘어나. 단순 사고인가. 희대의 테러극인가. 혹은 북한의 도발인가."라는 아주 합리적인 질문을 제기한다.

『광신자들』은 이 폭파 사고의 전개 과정을 시간대별로 서술하고 있으므로, 독자들은 그 전모를 파악하는 데 유리한 위치를 점하고 있다고 볼 수도 있지만, 그 속을 들여다보면 꼭 그렇게만 말할 수 있는 것은 아닌 듯하다. 기와 도는 각각 개인적인 목적을 위해 청부를 받았을 뿐이므로, 일단 사건의 열쇠를 쥐고 있는 사람은 농이다. 이렇게 말하고 보면 농은 개인적이지 않은, 가령 대단히 공적인 목적을 갖고 있는 것 같지만 또 그런 것도 아니다. 이미 읽어본 독자들은 알겠지만,『광신자들』에서 전개되는 사건을 '합리적으로' 이해하는 것은 아주 곤란한 일이다. 물론, 이것은 작가가 의도한 바이기도 하다.

2.

사제 권총 같은 걸 만들다 한차례 사고를 치고 경찰에 잡혀갔던 농이 평범한 여고생으로 살아가려던 노력을 접은 이유는 인터넷 카페를 통해 사이비 종말론을 신봉하게 되었기 때문이다. 종교적 사명감에 들린 그녀는 오래전부터 방치된 채 비어 있던 변두리 지하상가의 한 창고에 '말세 무기 거래 연구소'라는 간판을 보란 듯이 걸어놓고 사제 폭탄과 총을 비롯한 무기들을 만들어 보관하는 일에 열중한다. 그러던 터에 구루(guru)로 불리는 지도자의 계시에 따라 디데이로 지목된 오늘, 마침내 성스러운 거사를 수행하려 한다.

　너희는 이해할 수 없겠지만 이제 곧 말세가 임박할 거야. 한반도만이라도 이 극심한 말세로부터 구원하기 위해선 썩은 위정자들을 심판하는 말세 의식을 거행하는 수밖에 없어. 그러니 오늘 구루가 말씀하신 미션을 꼭 수행해야 해.(86-87쪽)

　속세는 타락했고 타락에 타락을 거듭해 급기야 종말이 임박했으며 이러한 때에 선택받은 소수만이 구원받으리라 혹은 먼저 깨달은 소수만이 세상을 구원하리라는 것은 종말론의 닳고 닳은 수사일 것이다. 아무튼 농은 자신에게 주어진 사명, 곧 국회의사당을 폭파시키기 위해 플랜 A와 플랜 B를 준비한다. 여자친구에게 명품 백을 선물할 돈을 마련하기 위해 사제 폭탄이 들어 있는지도 모른 채 가방을 메고 국회의사당으로 향하는 기, 기가 실패할 경우를 대비해 사제 총을 받아든 도(도는 우선 자신을 모욕한 홍대 클럽의 같잖은 엘리트들에게 복수할 생각으로 농의 제안을 받아들인다). 그러나 무대책의 양아치 기와 그보단 좀 더 똘똘하지만 또 그만큼 중증의 사이코인 도가 제멋대로 날뛰는 상황 앞에서 농은 "내가 이런 것들과 함께 천지개벽을 도모해야 하다니"라는 한탄을 금할 수 없다. 그리고 그 걱정이 현실화되어 농이 직접 나서야 할 차례가 온다. 그녀는 기나 도와 달리 성스러운 전쟁, 지하드를 수행할 자세가 되어 있다.

농은 지금 그야말로 지하드, 성전의 전위에 선 투사다. 더욱이 이 투쟁은 지상의 영예와 평화만을 추구하는 땅의 유희가 아니다. 이것은 천계에서 벌어지는 고결한 투쟁이다. 그러므로 투쟁을 통한 희생의 결과는 단연 순교가 되어야 할 것이다. 오오 순교.

아직은 어린 농이지만 고딩의 벌렁거리는 감수성의 오감 속을 파고드는 순교라는 두 음절이 가져다주는 숭고함은 동시에 막대한 사태에 대한 서슬 퍼런 긴장감을 조성하곤 한다. 지금 같은 순간이 그런 것이다. 저 우매한 백성들은 내 몸을 휘감고 있는 붉고 푸른 전선들의 조합이 무엇을 의미하는지 모를 것이다. 이 순교의 제물을 이끌고 어디로 향할 것인지 모르는 것이다. 그러나 곧 알게 될 것이다. 그때 깨닫게 될 것이다. 그대들이 우습게만 보던 이 못생긴 여고딩이 어떻게 인류를 구원하는지 보게 될 거라 이 말이다. 농은 인류 구원의 간절한 마음을 평소 외우던 주문을 읊조리는 것으로 애써 달래보았다.(124-125쪽)

타락한 땅을 벗어나 천계의 고결한 투쟁에 나선 농은 우습게 보이던 못생긴 여고생에서 숭고한 잔 다르크로 승화/성화된다(종말론 인터넷 카페에서 사용하는 그녀의 닉네임이 바로 잔 다르크이다). 그녀는 우매한 백성들을 위에서 굽어보며 자신의 몸을 감고 있는 붉고 푸른 전선들에 전류를 흘려보내 국회의사당을 날려버릴 것이다. 종말의 메시지가 울려퍼지는 숭고한 장면에 대한 그녀의 상상은 "말로 표현하기 어려운 오르가슴"을 느끼게 한다. 그러나 이런 흥분은 상상에 그칠 뿐, 현실은 또 다른 방향으로 전개된다.

3.

타락한 속세라고 했지만 그 타락의 내용이 무엇인지가 『광신자들』에서 아주 구체적으로 드러나는 것은 아니다. 『광신자들』은 몇몇 측면에서 작가의 전작인 『열외인종 잔혹사』를 연상시키는 대목이 있는데, 작품 속에서 노숙자나 비정규직 문제를 다루고 있는 『열외인종 잔혹사』의 경우는 현실의 사회문제를 보다 구체적으로 제기하는 것처럼 보이기도 한다. 자신들을 혼돈과 암흑에서 구원해 줄 목자—메시아를 찾기 위해 양머리통을 뒤집어쓰고 코엑스몰을 점령한 일단의 무리가 인질들 앞에서 "혁명의 서(書)"를 낭독한다.

보라. 그런데 지금 우리에게 남아 있는 건 대체 무엇인가? 우리의 소위 권리란 것은 얼마나 더 깊은 수렁으로 곤두박질쳤는지, 오늘의 그대들은 과연 상상이라도 하고 살고 있는 건가? 그대들은 오히려 더 치욕스럽고 무감각한 속물이 되어 이 거대 도시, 이상과 성스러움, 인간 존엄과 아무 상관도 없는 절망의 무감각만이 창궐하는 시스템 속의 부속품으로서 생존하는 것만이 삶의 최우선인 것처럼 신앙하고 있는 건 아닌가? 그렇지 않고서야 이렇게 이처럼 뻔뻔스러운 천민자본주의의 노예가 되어 뼛속까지 착취당하면서도 이 말도 안 되는 기계적인 삶, 겨우 존재하는 인간으로서의 삶을 당연한 것으로 생각할 수 있단 말인가? (『열외인종 잔혹사』, 한겨레출판, 2009, 179쪽)

현실을 고발하고 혁명을 선언하고 있는 양머리들의 문제제기는 구체적이기보다는 오히려 종교적이거나 근본적이라고 하는 편이 적절할 것이다. 이러한 문제제기가 작가의 현실 인식이 반영된 결과인지를 살펴보는 것은 의미 있는 작업이 될 수 있겠지만, 작품 자체의 전개에 좀 더 밀착해서 따라가보는 것도 흥미로운 결론에 이르게 한다. 요컨대, "이상과 성스러움, 인간 존엄" 등의 가치를 배반하고 있는 혼돈과 암흑의 현실 앞에서 혁명을 선언한 양머리들이 점령한 코엑스몰이라는 해방구에서 목도되는 것은 가치의 회복이 아니라 현실보다 더한 혼돈과 혼란인 것이다. 그리하여 양머리들에 의해 점령된 코엑스몰에서 벌어지는 것은 글자 그대로 "십헤드(sheep head) 카니발"이며, 그곳에서는 당연히 왕과 노예, 현자와 바보, 부자와 거지가 서로 뒤바뀌고, 현실과 공상, 천국과 지옥의 구별이 붕괴되는 카니발화 (carnivalization)가 이루어진다. 양머리들에 의해 촉발된 카니발의 공간에서는 가치의 배반 위에 형성된 현실의 질서조차 무너진 또 다른 혼란, 말하자면 '가치의 혼란' 을 한층 더 배가시킨 '가치의 혼란의 혼란'이 전개되고 있다. 물론, 가치의 혼란의 혼란이 가치의 복원으로 이어지는 것은 아니다.

아무도 그들을 경계하지 않는다. 마냥 서로를 더듬는 데 충실한 젊은 연인들, 말도 안 되는 깻잎 머리를 하고 떼 지어 몰려다니는 여고생들, 짝퉁 핸드백을 자랑스럽게 메고 다니는 20대 여자들, 말쑥한 양복 차림으로 닌텐도 게임을 즐기는 30대 남자들, 그리고 어쩌다 딸려 나온 것으로 보이는 백발의 노인들까지. 그들은 모두 양머리들의 흥겨운 몸짓을 그저 우스꽝스럽고 흥미로운 볼거리로만 받아들일 뿐이다. 어제의 공포, 어제의 짜릿함, 어제의 설익은 난폭함, 어제의 폭풍같이 밀어붙이던 쿠데타의 파격, 요란하게 쾅쾅거리며 울려대는 복고의 전형 듀란듀란 뮤직의 늪에 빠져 전혀 힘을 발휘하지 못하는 오늘의 현실. 기무는 자신이 이 시점에서 왜 이렇게 분노가 치솟는지 도무지 이해하지 못했다. (『열외인종 잔혹사』, 309쪽)

피아와 선악의 구별이 사라진 무차별성(Indifferenz)의 난장판에서 총을 난사하던 끝에 가까스로 살아남은 『열외인종 잔혹사』의 주인공 기무는 다음 날 아무 일도 없다는 듯 깔끔해진 코엑스몰의 분위기에 경악한다. 그 경악은 갑자기 등장한 양머리들의 광고 이벤트에서 절정에 이른다. 혁명 혹은 카니발마저도 그 이미지만이 선택되어 상업적으로 이용되는 상황, "어제의 공포, 어제의 짜릿함, 어제의 설익은 난폭함, 어제의 폭풍같이 밀어붙이던 쿠데타의 파격"마저도 "그저 우스꽝스럽고 흥미로운 볼거리"로 전락시키는 자본주의의 잡식성은 가치의 혼란이든 가치의 혼란의 혼란이든, 가치와 관련된 모든 것이 교환가치 하나로 환원되는 사태를 단적으로 보여준다. 그 명칭과 달리, 교환가치는 어떤 가치가 아니라 가치의 부정이다.*

『광신자들』 역시 이러한 가치의 혼란에서 예외는 아니다. 그런데 『광신자들』에서 가치의 혼란은 교환가치의 관점이 아니라 라블레의 작품에 대해 바흐친이 언급한 것과 비슷한 방식, 즉 정신적이고 영적인 가치를 몸의 하부―아랫도리의 문제로 격하(degradation)시키는 방식을 취하고 있다. 예컨대, 신성한 미션을 위해 국회의사당에서 터져야 했던 폭탄은 왜 고속터미널을 쑥대밭으로 만들고 결국 미션을 실패로 돌아가게 했는가? 그것은 폭탄 가방을 운반하던 기가 갑자기 배가 아팠기 때문이다. 나이에 어울리지 않게 장염을 앓고 있어 "조

---

* 가치의 종언에 대한 다음의 묵시록적 비전을 참고하라. "후기근대의 경제 중심 사회에서 교환가치에 견줄 수 없는 문화적(정치적, 도덕적, 미학적) 가치는 없다. 교환가치는 모든 문화적 가치를 부정하고, 가치를 교환 가능하게 만드는 무차별성의 상태를 초래한다. (⋯⋯) 도덕적, 미학적 정치적 가치들, 심지어 이데올로기 자체가 교환 가능한 것으로 나타나는 상황에서, 가치들의 보편타당성과 일반화 가능성은 근본적으로 의문시되기에 이른다. 이제 논란의 여지없이 합의할 만한 기독교적, 자유주의적, 사회주의적, 민족주의적 가치 규정은 없다." (페터 V. 지마, 『모던/포스트모던』, 김태환 옮김, 문학과지성사, 2011, 48~49쪽)

금만 내장 기관의 자극을 받아도 배변욕에 견딜 수 없어 하는 특이체질"의 소유자인 그는 화장실 밖에서 자신의 여자친구 이름을 들먹거리며 걸쭉한 너스레를 떠는 누군가의 목소리에 극도로 흥분해 밑도 제대로 닦지 않고 튀어나오는 통에 가방을 화장실 바닥에 버려둔 것이다.

기가 민감한 장(腸)의 소유자만 아니었더라도 폭탄은 고속터미널 화장실이 아니라 정해진 시간에 정해진 장소에서 터질 수 있었을지도 모른다. 아무튼 엉뚱한 시간과 장소에서 폭발한 폭탄 때문에 기와 도를 끌어들인 농의 계획은 수포로 돌아가고, 바야흐로 그녀가 직접 행동에 나서게 된다. 그런데 사명감으로 충만해 있던 그녀마저 거사에 실패하게 된 이유 역시 아랫도리의 문제 때문인데, 그것의 정체는 기의 배변욕보다 훨씬 자주, 또 그만큼 분명하게 텍스트에 드러나는 사타구니 가려움증이다. 숭고한 의식을 수행할 때마다 농의 사타구니는 참을 수 없을 정도로 가렵고, 그녀는 "이내 입술을 부들부들 떨며 자신의 짓무른 음부를 긁기 시작"한다.

부끄럽게도 멈춰 서버린 농은 이 숙명적인 가려움을 해결하기 위해 철갑을 해체하지 않을 수 없었다. 그녀가 어느새 눈물을 흘리기 시작했다. (……) 내친김에 그녀는 트레이닝복을 내리고 팬티까지 벗어 던졌다. 사타구니를 긁어대기 위해서였다. 울음을 멈추지 않고 과격할 정도로 난폭하게 사타구니를 긁는 농의 표정은 진지하다 못해 숙연하기까지 했다. 그런 그녀의 발작 탓일까. 아님 이 허망하게 드러나버린 십 대 여자아이의 음모를 지켜보는 일단의 호기심 탓일까. 경찰들, 특공대원들은 이 상황에 대한 수습을 적잖이 망설이고 있었다. (188-189쪽)

자살 폭탄 테러라는 순교 행위를 위해 주도면밀한 준비를 마치고 여의도공원에서 걸음을 내딛기 시작한 농의 모습은 사람들의 눈에 위협과 공포의 대상이기보다는 우스꽝스러움과 기괴한 대상으로 비친다. 그러나 그녀는 사람들의 반응 따위에 신경 쓸 필요가 없다. 자신이 특별한 존재라는 점은 그녀에게 의심의 여지가 없는 진실이며, 또한 원래 선각자란 사람들의 조롱을 받게 마런 아니겠는가? 그런데 문제는 그녀의 밖이 아니라 안에서, 그것도 보통의 경우라면 남에게 드러내고 싶지 않은 은밀한 부분에서 발생하고, 아무리 사명감으로 정신을 무장하고 철갑과 폭탄으로 몸을 무장한 그녀라 해도 그 치부의 가려움을 이겨내지는 못한다. "진지하다 못해 숙연하기까지" 한 표정으로 "과격할 정도로 난폭하게 사타구니를 긁는" 놈은 단지 철갑으로 감싼 몸뿐 아니라 종말론으로 감싼 정신까지 스스로 무장해제하고 있다.

사실 삼류 게임 프롤로그에도 못 미칠 인류 종말과 구원의 시나리오로 열 명 남짓한 광신자들을 거느린 인터넷 카페의 종말론은 종교라고 부르기에도 무참(無慘)할 지경이긴 하나, 아무튼 스스로를 열혈 신도로 자임하는 놈의 말로는 사명이나 순교 같은 숭고한 개념과 사타구니 가려움증이라는 비루한 사실을 병치함으로써 진지한 비판이 아니라 우스꽝스러운 묘사를 통해 사이비 종말론의 실체를 폭로하고 있다. 사이비 교주를 추적한 끝에 그가 "잔 다르크. 이 시간에 웬일인가. 자넨 인류를 구원할 막중한 사명을 감당하고 있어야 하는 것 아닌가"라는 말과 "카시오페아 님. 오늘 밤 핫하게…… 어때?^^"라는 말을 동시에 인터넷 채팅창에 띄우는 황당한 인간임을 확인한 도가 "적어도 자기 추종자에게 서울 도심에 자살 폭탄 테러를 사주한 종교 지도자라면 최소한의 비장함은 있어야 하는 거 아닌가"라고 한심해하는 것도 같은 맥락이다. 요컨대, 숭고한 것이 아랫도리(장(腸), 자궁, 성기 등)와 뒤섞이고 가치 있는 것이 가치 없는 것과 뒤섞임으로써 가치의 혼란은 점점 가중된다.

4.

여자친구에게 줄 명품 백에 대한 미련을 버리지 못한 기는 농이 만든 사제 무기를 팔아 돈을 마련할 요량으로 세운상가의 장물아비를 찾아가지만 이미 출동해 있는 경찰들을 피해 압구정동 백화점으로 목적지를 바꾼다. 그곳에서 기는 뜬금없이 혁명의 기운을 느낀다.

물론 기가 마르크스나 헤겔 따윈 꿈에서도 들어본 적이 없는 고등학교 중퇴생의 신분인 것은 분명했다. 그래도 기는 혁명의 기운에 대해 명확히 말할 수 있는 자격은 확보했다고 자신에게 주문을 걸었다. 혁명은 기존 질서를 갈아엎는 것이다. 어째서 갈아엎어야 하는지, 그렇게 갈아엎으면 그 후에 무엇이 있는지에 대한 질문이나 고민 같은 건 깡그리 말소되었지만 그래도 기는 자신의 몸 곳곳에 혁명의 기운이 숨 쉬고 있음을 분노의 정서로 실감할 수 있었다.(154쪽)

세운상가에서는 단지 불법 무기를 거래하려던 양아치였을 뿐인 기가 갑자기 혁명가로 전신하려는 이유는 당연히 압구정동 백화점의 명품관이라는 배경 탓일 것이다. 그것을 계급의식의 각성이라고 부를 수도 있을까? 그런데 기는 그곳에서 혁명의 기운과 동시에 무기력함도 함께 느낀다.

한순간 기는 두 다리에서 기력이 썰물처럼 빠져나가는 느낌을 강하게 받았다. 세운상가에서 도주할 때와는 분명 다른 기분이었다. 상가의 물비린내 가득한 뒷골목은 왠지 모르게 기의 기운을 북돋워주는 확실한 효과가 있었다. 그러나 이곳은

기에게 한마디로 지옥이었다. 한 치의 틈도 주지 않고 정교하
게 짜여 있는 세련의 늪 속에 빠져 연실 질척거리는 듯한 갑갑
함이 내내 기의 숨통을 조였기에 녀석은 더 이상 세운상가에서
보여주었던 용맹스러움을 발휘하지 못할 거란 불안감에 사로
잡혀야 했다.(164쪽)

　어느 쪽이 진실인가? 물론, 둘 다 진실일 것이다. 강북
변두리의 양아치 기는 강남에서는 혁명가를 꿈꾼다. 익
숙한 강북의 뒷골목에서 날고 기던 기는 강남의 세련되
고 정교한 시스템 앞에서는 잔뜩 주눅 든 촌놈일 수밖에
없다. 사회화에 실패하고 낙오한 기는 그럼에도 불구하
고 이름도 모르는 명품 백을 사기 위해 목숨을 건다. 기
는 분열되고 착종된 존재이다. 그리고 그것은 기뿐 아니
라 『광신자들』에 등장하는 다른 주인공들도 마찬가지이
다. 아니, 『광신자들』의 세계 전체가 분열되고 착종되어
있다. 그곳에서는 가치의 혼란, 가치의 혼란의 혼란이
잇따르고 그리하여 기존의 질서가 붕괴되었으며 "갈아
엎으면 그 후에 무엇이 있는지에 대한 질문이나 고민"은

존재하지 않는 아수라장이 펼쳐진다. 이러한 상태를 혁명이라 부를 수 있다면, 물론 이때의 혁명은 숭고하기만 한 개념이 아니라 비루하기조차 한 개념일 것이다. 그래야 양아치인 기가 동시에 혁명가이기도 하다는 모순을 납득할 수 있지 않겠는가?